本田小狼與我

Super Cub

TONE KOKEN
Illustration：HIRO

3

トネ・コーケン
插畫：博

Kadokawa Fantastic Novels

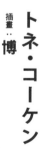

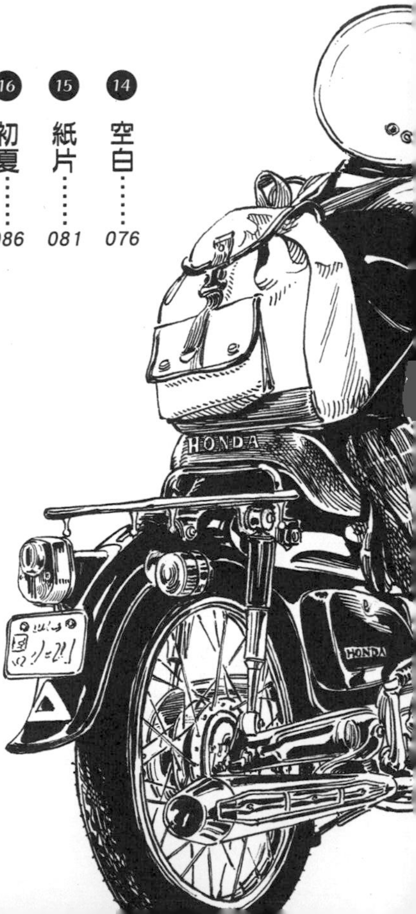

HONDA
HONDA

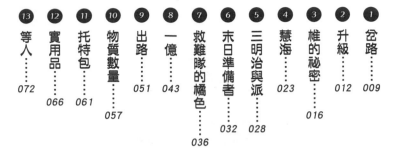

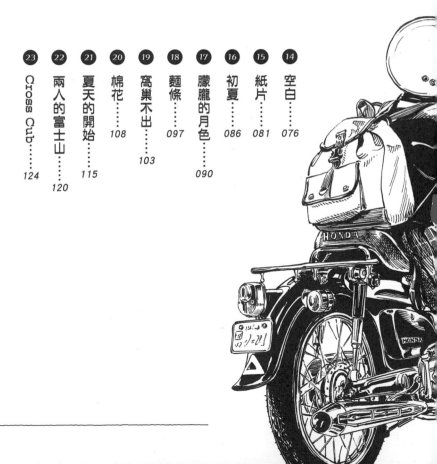

Super Cub
contents

小熊是個舉目無親，也沒有朋友和興趣的山梨高中生。開始騎乘一輛中古的Super Cub，便是她拓展自身世界的契機。

升上高中三年級的小熊，將藉由面對難以養車的困境，重新審視自己和Super Cub之間的關係。

我究竟為什麼要騎Super Cub呢？
我會騎著它到什麼時候呢？
對我而言，Super Cub是什麼？

1 岔路

小熊騎著Super Cub，馳騁在地圖之中以細細的虛線所描繪的道路上。

在高二初夏購買Cub後，過了將近一年。小熊迎來夏天，並跨越了對機車騎士來說可謂考驗的冬天。

今年南阿爾卑斯春天的氣溫似乎比歷年要來得高，即使高聳的甲斐駒岳仍殘留著白雪，周圍低矮的山脈已展露出新綠的色彩。

只要再過一陣子等積雪和霧淞消失，山間道路便會從終日凍結中獲得解放，就能騎車跑在上頭了。

小熊與Cub至今為止度過的生活，受到諸多制約。

初次騎乘輕機不久的夏天，小熊的技術和裝備都不足，能夠透過Cub所認知到的世界還不怎麼寬廣。

來到秋天之際，小熊雖然獲得了足以駕馭Cub的身子，以及依照經驗法則所挑選出來的配備，可是Cub上路時需要燃燒汽油、加熱機油，還有磨耗各處零件——她要維持這樣一輛車所需的保養技術尚嫌不足，更重要的是金錢不夠充裕。

到了冬季之後，物理上能夠騎乘的道路會變少。儘管小熊所住的山梨在幹道暢行無阻，可是遍布在山峰綿延的縣內之中的林道將會凍結。就算是平地，一旦下起了雪或冰冷的雨，騎車上路的危險性就不是夏季午後雷陣雨所能比擬的。

當漫長的冬天告終並迎來春天後，升上高三的小熊便從束縛著自己的各式制約中受到了解放。

以Cub代步，而且學會了保養車子所需之必備技能的她，多虧了打工的關係，經濟狀況並沒有那麼窘迫。

學校裡雖然已經邁入了新學期，不過距離期中考等課題還有一段時日。或許是春天的陽光之故，月底將開始放黃金週假期的教室裡，無論是上課或氣氛都顯得懶散。

校方前些日子才發了升學就業調查表給大家。和買車及保養時被迫填寫一大堆的官方文件相比，這東西看起來並不難製作及提交。

拜那些緩衝期之賜，小熊像這樣過著放學後的享受時光。沒有事情比騎著Cub漫無目的到處跑更開心了。

原則上她騎車時會選擇鋪面道路，但即使意外騎進砂石路或未經鋪裝的路面，Cub跑在上頭也不會有問題。它的續航距離也同樣優秀，因此就算騎得太開心導致在山裡頭沒油，只要在後箱擺一罐一公升的備用汽油便能迎刃而解。當那些燃料也消耗殆盡時，關閉引擎騎乘就可以下山了。

小熊騎在遠離塵囂的不知名道路上，遇到了一條岔路。

她並沒有特別決定目的地，而這條路看似選哪邊都一樣。像這種時候，依照她的選擇不同，道路前方有可能會是狹窄的死胡同。這也是隨興騎乘的樂趣之一。小熊並不討厭看見道路的終點。

小熊在岔路前停下車並略作思考。之後她單腳踩在地上，讓Cub迴轉了。

因山路而搖晃的機車前方，是一整片方才騎過的道路。小熊望著路面，低喃道：

「我哪裡都去得了。」

她該上哪兒去才好呢？

2 升級

小熊起床的時間一如既往。和隆冬時節相比，天亮的時候愈來愈早了。

她打開FM收音機的開關，脫下睡衣沖了個澡，接著一邊換上制服，一邊給瓦斯爐點火。

瓦斯爐上擺著方形的鋁製飯盒——也就是煮飯神器。裡頭的米她在昨晚睡覺前已經先洗過並泡水了。

小熊以煮飯神器烹煮中午要吃的飯，同時準備著早餐。她拿吉比花生醬塗在沒有烤過的吐司上，再以熱水沖開即溶咖啡和砂糖，泡了一杯咖啡歐蕾。

她開啟櫥櫃，拿出買來囤積的罐頭。那是小熊在好奇心驅使之下所買的進口菠菜罐頭。禮子送了一把Camillus的美軍瑞士刀給小熊，於是她利用上頭耐用且銳利的開罐器打開這個現今少見的無拉環罐頭，將泛著褐色的黏稠菠菜倒在塗了花生醬的吐司上。

煮飯神器的內容物沸騰後，噴出陣陣煙氣。小熊把火關小，並煩惱午餐該吃什麼才好。再次打開櫥櫃環顧著許多種調理包的她，取出了擱在調理包一旁的小罐子。

那是油漬沙丁魚罐頭。小熊翻開便當盒，將裡頭的東西倒了進去。接著她又添了點醬油和鹽巴後，才把蓋子闔上去。

張羅完午餐的小熊，依舊在沒有電視電腦的房裡聽著收音機，吃起加了花生醬和罐頭菠菜的開放式三明治。

味道比外觀還奇特的罐頭菠菜與花生醬的搭配不差，不過小熊心想：等過一陣子開始販售夏季蔬菜的時候，自己就不會再吃這個了吧。

吃過早餐之後，小熊把煮好的飯盒和筷子一起放進百圓商店的布製保溫袋裡。她將煮飯神器收在昨晚已備妥必需品的一日背包外袋，並在制服西裝外套上穿了一件紅色的機車夾克。穿上了Keds的高筒運動鞋後，她拎起放在玄關的安全帽及手套，走到外面。

每次她走向停放在公寓停車場裡的Super Cub，心情都會交雜著昂揚及些許恐懼。Cub受到春天的陽光照耀，像是在等待著自己一樣。小熊先是以指尖輕撫座墊，再把背包放進裝設在後貨架的鐵箱裡，然後拆掉鋼絲鎖，轉動引擎鑰匙。

小熊雙手握住轉向把手，踩下腳踏啟動桿。當氣溫低於攝氏零度時，得要在發車前拉起阻風門拉桿才行，不過幾天前開始已經沒有拉它的必要了。

她一腳便發動了引擎，讓Cub的車體為之震顫。小熊繞行車子一圈，簡單地做了個車身、輪胎及燈火的檢查後，戴上安全帽及皮革手套，再跨上車子騎了出去。吹過身體的風，讓小熊感受到春季的暖意。不久前還狠狠折磨著小熊的寒意，她已無須再忍受。

為了活下去而應當挺身作戰的敵人，已經不存在了。

從日野春站附近的公寓騎了將近十分鐘的車，小熊抵達鄰近舊武川村中心位置的學校，並騎進機車停車場裡。

幾輛輕型速克達並排停放的停車場之中，停著一輛紅色的Hunter Cub。禮子似乎已經到學校了。小熊再度環顧著停車場。

小熊並沒有發現那位透過Cub而熟識起來的同學——惠庭椎最近所買的水藍色Little Cub。總是很早到校的她，會罕見地逼近遲到時刻才來嗎？抑或是以剛買不久的Cub通學令她害怕，所以改騎腳踏車來呢？

無論如何，她們倆的交情都沒有深厚到會約好碰面或打手機聯絡，再一塊兒進入教室。小熊把自己的車停在禮子的車子旁，再稍稍往Hunter Cub那邊停妥，好讓旁邊還能再停一輛車。隨後，小熊拎起從後箱拿出來的背包，前往教室去了。

小熊差點搞錯自己教室所在的樓層。

她的班級已經轉移到比舊教室還高一層樓的三年級教室去了，而班導和班級則依然不變。由於眾人還沒有換座位，因此位子也是一樣的。只不過，從窗戶可見的風景要來得遼闊些許。

學年有所改變一事，仍令小熊沒有真實感。昨天是開學典禮的日子，可是春假期間毅然決然地騎著Cub跑到九州進行一段長距離兜風的她們，還得檢查並更換當時所消耗的零件。滿腦子都是保養機車的事情，並未好好聽老師說話的小熊與禮子，偕同被叫來幫忙的椎三個人，在班會結束的同時就立即前往禮子那棟工具一應俱全的小木屋去了。

小熊一進入三年級的教室，已經在自己的座位上看手機的禮子便舉起手來向她打招呼。小熊伸出手來輕輕擊掌，而後就在沒有特別交談的狀況下就座了。

稍遲一會兒，椎也來了。小熊發現到她今天不是騎機車來的。儘管同樣穿著制服，她卻在身上配戴小東西並拎著書包，而且頭髮沒有安全帽的壓痕。從椎的身上感覺不到剛受強風洗禮過的氛圍，那是機車騎士獨有的。

椎連忙向小熊及禮子打招呼的同時響起了上課鐘聲，於是高三的課程就此開始。

3 椎的祕密

上完並未留下什麼特別印象的課而回到家的小熊，入睡和起床的時間都和平時沒有兩樣。

她覺得自己好像變成了機械還什麼似的，於是為了至少補充一些不若機械所使用的燃料那麼單調的東西，她以鋁製飯盒煮著中午要吃的飯，同時準備著早餐。她在未烤過的吐司上頭塗抹吉比花生醬，還泡了杯即溶咖啡。

這幾天早上，她都以容易製作的花生醬三明治當作主食。椎那個喜愛美國靈魂料理（**註：即美國南方黑人傳統菜色**）的母親傳授了許多花生醬三明治的食譜給她。據說這道菜的變化之多，相當於日本的飯糰或壽司。椎的母親在如此表示的同時，還把朋友在人稱PX（**註：Post Exchange**）的美軍基地販賣部裡所買的吉比花生醬分給她。那桶隨便都超過一公斤的花生醬，和一般超市所賣的尺寸天差地遠，感覺好一陣子都消耗不完。

前幾天，小熊和禮子一起到甲府商會定期舉辦的倒店品即售會採買了大量瓶裝物與罐頭。今天塗在花生醬三明治上頭的，便是其中之一——在椎家的店裡吃過許多次的奶油起司。

小熊打開那罐顏色上得有如陶器般的玻璃瓶後，表情都扭曲了。瓶裡的東西並非她所知的乳白色奶油起司，而是花俏的粉紅色。小熊一看瓶身所貼的英文標籤，發現上面寫著「鮭魚風味」。

既然都開瓶了，就放不了太久——小熊如此說服自己，並把味道完全無從想像的鮭魚口味起司塗在花生醬上頭。

拿來配花生醬三明治的咖啡，則依舊是即溶式的。雖然小熊並非內心有所不滿，可是也差不多想喝點其他飲料了。小熊心想，禮子那棟比一般新成屋耐用一百年以上的小木屋，不時會需要進行維護作業。下次到她家去幫忙的時候，再把過濾式咖啡壺搶過來當報酬好了。

吃掉花生醬三明治並喝完咖啡的小熊，啃著冰箱裡拿出來的青蘋果，結束這段早餐時光。

鮭魚口味的奶油起司，吃起來沒有她想像中那麼糟糕。如果價格可以接受的話，或許下次還可以再買。畢竟不試著一探究竟，就不曉得箇中滋味。

騎車從家裡出發的小熊來到了學校停車場。這是一所沒什麼人騎輕機通學的高中，儼然已成了小熊及禮子兩人專用空間的機車停車場之中，看不到其他Cub的影子。

經常在遲到邊緣到校的禮子姑且不論，小熊也沒看見椎的Little Cub。椎似乎仍然害怕駕駛備有引擎的機械，不敢一個人騎乘這段距離上學。

小熊聳了聳肩。剛開始騎車在家附近繞都會緊張的小熊，買了幾天後也沒那麼慎重其事了。椎那具嬌小的身軀，果然駕馭不了Cub嗎——內心如是想的小熊停好自個兒的車子，脫下安全帽往教室走去。

在通過出入口前，小熊聽見背後傳來汽車引擎聲。那道聲響相當低沉渾厚，還摻雜著一大堆不同的雜音。回頭望去的小熊，見到校門前停著一輛眼熟的黃色卡車。

那輛一九七〇年代的雪佛蘭卡車，是椎的母親所駕駛的。車門開啟後，椎從裡頭走了出來。既然要請母親接送，那麼確實不需要Cub——小熊如此感到釋懷。要那女孩離開父母的呵護，獲得自己的交通工具還太早了吧。也許再過不久，椎就會很寶貝地把Cub收在家裡，恢復成以腳踏車通學的模式。

打開車門的椎身後，看似還走出了另一個人。不過小熊就這麼背對著椎，走進教室去了。

在小熊就座後一陣子，禮子也進入了教室。見到小熊的禮子，隨即開始自顧自地聊了起來。談話內容為：禮子所擁有的兩只過濾式咖啡壺中，其中一只的大小最適合拿來當作前陣子裝在Hunter Cub上的大型空氣濾清器護罩。

難得自己想跟人家要咖啡壺，萬一被割開或打洞那可受不了，於是小熊對禮子說：

「妳最好打消念頭，那組空濾不適合Cub。不是什麼東西都愈大愈好。」

即使如此，禮子依然滔滔不絕地述說著進氣對於提升引擎動力相當重要一事，以及挪用了汽車零件的空濾，原本的設計是以放置在引擎蓋之中為前提，因此要赤裸裸地裝在Cub上使用，必須要準備護罩才行。

預備鈴響起後，禮子的話題被遭到強制性中斷。方才理應出現在校門前的椎，目前還沒有來到教室。當小熊這麼想的時候，椎便在預備鈴與正式鈴之中的空檔衝進教室來了。沒記錯的話，她昨天也是逼近遲到時間才到校。迄今為止多半都很早到學校的她，自從升上三年級之後就經常晚到。

由於班會馬上就開始了，小熊並沒有和椎交談。下課休息時椎也一度離開了教室，直到下次鈴響都沒有回來。

進入午休時間之後，小熊提著裝有鋁製飯盒的保溫便當袋，跟禮子一同到了機車停車場去。椎近來都會和小熊她們一起度過午餐時光，可是今天一開始午休，她便立刻衝出教室去了。

小熊拿出了煮飯神器。她很介意昨天所吃的油漬沙丁魚煲飯冷掉之後的魚腥味，因此今天早上她又開了一罐上次整批買來的罐頭，先把裡頭的油倒進炊煮之前的白米中，滴入醬油後再連同罐頭一起放入烤箱裡。

小熊平時大多是吃沒有烤過的吐司，所以原先令她覺得花錢買來有點虧的烤箱，這時睽違已久地發揮了它的功能。她把烤到醬油都焦掉的沙丁魚放在煮好的飯上，稍稍加了點鹽巴和檸檬汁才蓋起來。

到了午餐時間。不曉得今兒個的便當如何呢——小熊抱持著對平時味道永遠一樣的調理包所沒有的期待打開蓋子，吃了一口烤沙丁魚便當。感覺這次弄得還挺成功的，味道不賴。

禮子所吃的法式長棍麵包夾著罐頭豬肉豆，顯然是自己做的。吃著便當的小熊，向人在對面的她問道：

「椎呢？」

禮子的長棍三明治好像做失敗了，只見她苦著一張臉說：

「她沒來呢。」

接著她又補充了一句讓人聽來不怎麼愉快的話。

「不曉得是不是有男人了。」

小熊跟這種事情無緣，但椎和她不同，打從國中時期就有不少男生向自己表白的經驗，感覺也很習慣拒絕人家。假如這樣的椎和某人交好，那麼每逢午休時間就會消失無蹤也不奇怪。

就女高中生的交通工具來說，Cub很難稱得上時髦。椎會遠離它也無可厚非。

當小熊以為椎會從此不再接觸Cub的時候，當事人氣喘吁吁地現身了。

急著想一探究竟的禮子，遞著用手撕下來的豬肉豆三明治，說：

「妳吃午飯了嗎？」

禮子給她家的店所賣的長棍麵包，添加了低俗至極的調味。椎看著禮子手上那玩意兒，便搖搖頭回道：

「我吃過午餐才來的。」

椎是和誰度過了一段快樂的午餐時光呢？至少對現今的她而言，對方要比Cub更有魅力吧。

「可以請妳們放學後到我家店裡一趟嗎？」

自從以前小熊騎車拯救了冬天掉進河裡的椎之後，椎的父親便送給小熊及禮子咖啡和輕食的免費兌換券。即使沒人特別開口，她們閒來無事的日子也會過去。而每當兩人造訪的時候，椎的雙親便會供應各式各樣的新餐點給她們。

倘若今天也能獲得某些簡餐，以及最起碼贏過早上那杯即溶飲料的咖啡，那就沒有理由回絕了。哪怕之後發生了多麼無趣的事也無妨。

椎接下來這句話，證實了她們倆的預料。

「我想讓妳們見見一個人。」

小熊原先想說還是別去了，不過大概是受到一臉好奇的禮子影響，只見她也默默頷首答應了。

椎希望她們倆見一個人。縱使會在那邊聽到她炫耀跟男朋友多麼恩愛，但對方也不見得會是個討厭的人。開始騎乘Cub後，小熊的人際關係才因此發展並逐漸拓寬。一旦拒絕掉，將會阻斷自己的可能性。

如同早上所吃的那瓶奶油起司一般，得親眼瞧瞧才知道對方是圓是扁。

4 慧海

放學後。

小熊與禮子一前一後騎著兩輛Cub，前往椎所住的提羅爾風格內用烘焙坊——BEURRE去。

當事人椎一聽到班會結束的鐘聲響起，再次叮嚀小熊等人一定要去之後，便從教室奪門而出了。

是有人讓她心心念念嗎？只是在上課中被拆散，就會感到寂寞的對象。若是如此，那為何要找自己過去？心中這麼想的她們，已經抵達烘焙坊了。

小熊等人繞到店面後方的車庫將車子停妥時，便看見了椎的Little Cub。停放在深處的那輛車上了鋼絲鎖。這是當椎買車的時候，小熊及禮子率先告訴她的事。

有些機車竊賊會開著卡車長驅直入，切斷大鎖後把車子搬走。為了從這種宵小手中保護失竊率高的Cub，必須讓對方費一番工夫。如此一來，歹徒便會避開高風險目標。

第二點，則是不要以為有滴水不漏的防盜對策。

被收在車庫內部的Little Cub，看似受到一個珍惜自己的好夥伴眷顧，也像是在為才買沒多久就移情別戀的車主嘆息。

兩人繞到店家正面，打開了橡木製的門扉。店裡頭依舊採用了多國籍裝潢。販賣德式麵包的英式風格三明治吧檯，配上令人聯想到美式快餐店的內用空間。其中一角有著迪朗奇的濃縮咖啡機，以及鋪著義大利製麻布桌巾的一張小桌子。

當小熊等人進入掛著「包場」的內用空間後，便發現椎和她的爸媽早已在等候兩人到來了。

桌上擺放著琳瑯滿目的派還有三明治。那些派應該是喜歡美國靈魂料理的椎母親所烤的，而三明治八成是父親做的。在這個要邀請椎重要對象的場合，小熊與禮子承受著格格不入的氛圍，受邀就座。

椎立刻倒了卡布奇諾和濃縮咖啡給小熊和禮子。手上拿著美式咖啡壺的椎母親，則露出一臉遺憾的模樣。

小熊打從以前就很在意的地方是，這間反映了椎雙親喜好的店家，零星散布著一些稱不上任何一方嗜好的東西。

舉凡店名BEURRE、夾在三明治裡的嗆辣藍起司、不知為何會在以黑麥麵包為傲的店裡販賣的長棍麵包，到處都有法國的味道。

這會是椎的父母，或是椎本人在配合某人的愛好嗎？心中如是想的小熊環顧店內，於是椎向爸媽使了個眼色後，對小熊及禮子說道：

「我現在帶人過來。」

語畢，椎繞到櫃檯後方，直接向通往二樓的樓梯走去。她的房間就在那裡。原來對方已經跟她發展到那種關係了嗎？小熊暗想「和桌上這些外觀就令人食指大動的餐點相反，也許這頓飯吃起來不會有多麼舒適」，同時側眼望向禮子。

禮子似乎被日本難以吃到的正統總匯三明治及美式青檸派給奪去了目光。照這樣來看，東西吃一吃就速速離去會比較好吧。

椎立刻牽著某個人的手臂走下樓梯來了。小熊看得出來，對方和身高不到一百四十公分的椎有著相當大的體格差異。

小熊原先認為無論椎選擇了誰，那都是她自個兒的問題，現在卻也萌生了想好好看看對方長相的念頭。禮子則是交互看著椎帶來的人，還有眼前的料理。

那個人果然長得很高，搞不好要比身高超過一百六十五公分的禮子還高。對方給人纖瘦的印象，並不會因為體格而散發出壓力。

「跟兩位介紹，這是今年起進入我們高中就讀的惠庭慧海。」

這個高高瘦瘦的人向小熊及禮子低頭致意。似乎覺得自己解釋得不夠清楚的椎，又補充說道：

「她是我小兩歲的妹妹。」

儘管總覺得是個來路不明的傢伙，可是小熊對這間店所抱持的疑問，多多少少明朗了一些。

這個名叫慧海的女生，身上穿的橘色休閒衫繪有疑似軍隊徽章的圖案和法文。小熊望著這件衣服，如此心想。

5 三明治與派

椎想讓小熊和禮子見個面的妹妹——亦即慧海這名少女，穿著打扮不太適合這個白天的三明治派對。

橘色休閒衫上頭，穿了一件附有許多口袋的帆布背心；而底下的褐色軍用長褲除了前後左右，連兩條腿都設有口袋。

大概是這樣還不滿足，她繫在腰上的寬闊皮帶，掛了好幾個腰包。

大家都在店內空間穿著室外鞋，而她腳上穿著叢林靴。那是以皮革和帆布等複合素材製成的綁帶長靴。或許光是一隻靴子，就比她姊姊椎身上所穿的所有東西還重了。

內用空間有三張桌子併了起來。姊姊拉著這個被口袋包圍的少女，邀請她到餐桌的中心去。

「慧海，那要放在這兒。」

慧海面露一臉好似心愛的布娃娃被沒收的表情。儘管展現出有些不滿的反應，可是見到姊姊椎雙手扠腰，掛著八成自個兒認為很有魄力的模樣瞪視著她，慧海依然不情不願地脫下背心和皮帶，放到自己座位正後方的桌上。

發出神祕金屬聲響的背心，裡頭不曉得放了些什麼。確定它就在後面伸手可及之處的慧海似乎放下了心，乖乖坐在位子上。

即使站在人家身旁，目光高度也和椅子上的慧海沒什麼兩樣的椎，清了清喉嚨說：

「慧海，開動之前要先站起來打招呼。」

慧海脫下可疑兮兮的背心後，給人的印象更加纖瘦。她站起身子，稍稍低下頭去。

「妳們好。」

聽聞慧海冷漠過頭的招呼，椎原本想講點什麼，但聽到慧海坐下時肚子咕嚕一叫，於是便聳了聳肩，在小熊身邊就座。

在東京公司上班的資歷比麵包店還長的椎父親，對眾人張開雙手說：

「請妳們盡量吃。」

小熊跟禮子低下頭回了一句「我不客氣了」，接著伸手拿派和三明治。

小熊大嚼特嚼著裡頭夾了培根、萵苣及番茄的三明治。椎的父母所做的餐點一直都很美味，即使是不喜歡精緻料理的小熊，也能吃得放心。

以全麥麵包夾著厚厚餡料的三明治，似乎沒有在店裡販售。日本人確實不太熟悉沒有去邊的美式風格熱烤三明治，要拿來賣可能稍嫌太有嚼勁了。一般超市所賣的培根會使用食品添加物處理得很軟嫩又薄如紙片，感覺咬一口便能吞下肚，但這份三明治所用的並非那種貨色。這種培根雖堅硬，可是咀嚼時肉汁會逐漸滿溢在口中。

也許是因為平常都吃些粗食之故，小熊的牙齒和下巴都鍛鍊得很強健。小熊對此心懷感激，同時將注意力集中在三明治上。

椎的妹妹就在對面默默吃著烤牛肉三明治，小熊則是盡量不去看她。與其說覺得可疑或不悅，應該說是小熊不曉得該怎麼和她應對。

先前無視於從主菜到甜點的流程，就在一旁大快朵頤著櫻桃派的禮子，把手伸向了青檸派。這是利用佛羅里達的萊姆汁及煉乳的化學反應讓餡料凝固的正統做法，只有自製甜點才辦得到。

席間的話題，主要是針對桌上排列的各種菜餚。慧海這名少女的事情只有透過姊姊椎簡單地介紹了一下，之後並未特別提及。

多虧了依舊喜歡閒聊的椎母親主導談話，小熊對美國南方的卡郡料理清楚了許多。

此時，她停下了吃著三明治的動作。

椎的妹妹慧海，說是她們學校的新生。對於今後八成會和自己有諸多交流的人物一無所知，沒辦法指望建立起一段良好的關係——心底這麼想的小熊，決定果斷詢問她的私事看看，於是在那之前喝了一口咖啡。

就在小熊即將開口的前一刻，禮子吃著塞滿了絞肉和辣醬的波多黎各肉餅，同時指著坐在對面的慧海擱在旁邊那件有著一堆口袋的背心。

「那裡面裝了什麼？」

沒錯，小熊就是想問這個。

對禮子這個沒家教的問題做出反應的，並非受到質問的當事人慧海，而是她的雙親和姊姊椎。

椎堅稱「裡頭沒有放什麼大不了的東西啦！對了，就只是錢包和手機之類！」而椎的父親插嘴說了句「妳要不要吃牛腎派？」試圖轉移禮子的注意力。

慧海和椎的母親則是展現出不同於丈夫及長女的反應，一副興味盎然的模樣望著慧海的臉龐。次女慧海在今年春天升上高中前，國中三年似乎都離開父母親身邊，在外縣市的學校就讀。

由於其氣味特殊，在日本往往容易遭人敬而遠之的牛腎派，對於透過外國小說或電影而知悉，抑或是實際待過歐洲的人來說魅力十足。就在禮子的興趣差點轉到上頭的時候，毫不介意眾人交談的慧海把手伸到後方，拿起沉重的背心說：

「這裡頭裝了活下去的必需品。」

先前原本很沉默寡言的慧海，陸續拿出背心的內容物，並開始滔滔不絕地說明著。

「裡面有鹽巴、金屬萬次火柴、瑞士刀、哨子、鋁箔墊、降落傘繩、線鋸、固體燃料、瓦斯爐，以及糧食。」

小熊回想起以前曾在新聞上看過的「末日準備者」。他們這幫人會儲備糧食或自行打造防空洞，以面對終將到來的世界末日。小熊不曉得這些人的神智是否清楚，不過週末一塊兒吃著保藏食品並互相展示配備的他們，看似挺開心的。雖然小熊一丁點想要模仿的念頭都沒有就是了。

慧海雖面無表情，不過卻洋洋得意的樣子。人在她身旁的椎，苦惱地說道：

「慧海從小就是這樣。她會把點心和摺疊刀塞進口袋，跑到山裡頭冒險。我還以為她就讀東京的國中後，已經變正常了呢。」

椎的父親向小熊及禮子投以求助的眼神。

「雖然她是這樣的女兒，可是不會做出什麼離經叛道的事情來，希望妳們今後可以當她的好朋友。」

禮子從小熊身旁伸出了手，拿起桌上那個大小猶如百圓打火機的不鏽鋼塊。禮子打開一看，這才發現它是一把摺疊式的鉗子。鉗柄處收納著螺絲起子、開瓶器和開罐器等工具。

「這是花兩千圓網購來的吧？不能買這種東西啦。」

慧海取走了瑞士刀。看來她姑且還能做出微微臉紅的表情。

「我只買得起這個。」

不懂得如何利用言語溝通交流的小熊，專心在「觀察」上頭。慧海宣稱是裝備的其他物品，看起來也不像有什麼價值的樣子。

那條放在背心旁的腰包帶，和小熊在工具店看到的是相同款式；而叢林靴的皮革部分則是合成皮，感覺是在空氣槍專賣店買下的便宜貨。

椎嘮嘮叨叨地在挑慧海裝備的毛病。濃縮咖啡機或Little Cub，能帶給自己更美好的未來。對於把錢花在這些實用品上的椎而言，慧海只是在浪費錢。

「妳淨是買這些派不上用場的玩具。說什麼糧食，這只是普通的零嘴而已嘛。」

慧海似乎已經習慣姊姊所說的這些話了。她表示椎所指著的黑雷神巧克力才是最好的，並將它收進背心口袋裡。

真要說的話，這段交談給人愉快的感覺。觀望著這番場面的椎母親，看著小熊說：

「妳覺得這樣的女孩如何？」

小熊拿了一份沙丁魚三明治。裡頭的油漬沙丁魚，無論是調味或是調理方式，看似都要比自己今天早上所烤的便當菜來得講究。小熊品嘗著它，同時回道：

「我認為這是不錯的嗜好。」

慧海像是布娃娃或奈勒斯的毛毯般，擁著背心說：

「那不是嗜好。我是為了在今後有可能發生的災害或戰亂中活下去，才會天天鍛鍊身體，並張羅裝備。」

慧海挺起比姊姊椎還要有女人味的胸部，接著表示：

「這是我的生存方式。」

椎又露出錯愕的模樣來了。

小熊看向窗外，那兒停放著她騎來這邊的Cub。自從開始騎機車後，經常有人對她說「妳這個興趣就女高中生來講很奇怪耶」或是「妳的興趣真是獨樹一格」之類的話。

比起別人怎麼看待她「騎乘Cub」這個行為，「興趣」這個詞讓小熊難以釋懷。

「我可能也差不多吧。」

儘管再怎麼說也不會當成是生存方式，可是對小熊來說，興趣或消遣這類詞彙是旁人以角度的客觀形容，她肯定覺得不太對勁。

7 救難隊的橘色

就在了解慧海這名少女的本性後，小熊的內心總有一股說不上來的躁動。這時她總算有餘力仔細觀察對方了。

幸好慧海並不介意這個場子是要慶祝她進入小熊等人的高中就讀，只見她專心致志地將眼前的能量來源攝取進體內，沒有特別留意小熊在注視著自己。搞不好她壓根兒就沒有察覺到。

小熊愈看愈覺得，椎這個小兩歲的妹妹慧海，徹徹底底和姊姊沒有任何共通之處。姊姊身高不滿一百四十公分，而妹妹感覺都有超過一百七十公分了。長相也一樣。椎有著輪廓圓潤的臉龐和朦朧的雙眼，相對的慧海卻是鵝蛋臉配上有點像貓咪的眼睛。椎的一頭長髮在陽光照耀下會帶有湛藍色，慧海的頭髮則是微泛著橘色。用不著鉅細靡遺地查看那頭把捲髮隨意紮在後腦杓的馬尾，小熊也知道她不是個會去美容院染髮的女生。那是天生的橘色。

小熊側眼瞧向椎與慧海的母親。這名服裝意識到早期美式風格的女性，那頭金髮讓人很清楚明白是染的。雖然小熊不知道她原本的髮色，不過個子比丈夫還高的體格，的確和慧海有幾分神似。

暖色與寒色，小熊認為這大概是姊妹倆最大的差異。或許她們是分別遺傳到父母的特徵也說不定。椎及慧海的父親以一臉落腮鬍和德國吊帶工作褲醞釀出柔和的印象，不過時而會流露出讓人聯想到他在東京當上班族時的冷峻表情。另一方面，母親所散發的氛圍令人覺得她八成打從學生時期便是如此。對於他人的話語，會像是海參般四兩撥千斤帶過。

如同椎喜歡水藍色的小東西，慧海身上所配戴的物品大多是橘色的。就連褐色軍用長褲上面所穿的休閒衫，還有看似手錶的指南針，統統都是橘色系。

那是救難隊經常採用的顏色，一般也建議山岳或海邊等會受到救援的對象選擇這種衣物。比起她那些莫名其妙的求生用具，小熊感覺這件橘色休閒衫還比較有用。

就在小熊觀察著慧海的期間，對話似乎出現了一段空檔。只見椎抓著慧海的手臂，向小熊攀談道：

「慧海她不太能夠融入班上，總是得和我在一起才肯到教室去。」

正在幫鮮蝦沙拉三明治添加美乃滋的慧海抬起了頭來。

「一旦離開家裡，我會更想往山裡跑，勝過上學。」

慧海並非看著姊姊椎或小熊，而是眺望著從咖啡廳窗戶可以見到的甲斐駒岳高峰如是說。

總之，小熊明白最近的椎為什麼常常晚到校，還有每逢下課時間便不見蹤影的理由了。椎是在想方設法讓這個只有身體長大，但無論正面或負面意義來說都很自由自在的孩子，適應學校這個社會系統。小熊覺得自己了解到，生物學家收養被狼群養大的小孩有多麼辛苦了。

禮子從方才就對慧海那些號稱求生用具的玩具很有興趣。每當她從口袋滿滿的背心拿出東西來，就會頻頻問著「這是什麼？」或「這要怎麼用？」。

慧海看似不介意別人碰觸自己的所有物，只要禮子問到，她便會解釋功能或是實際演練。據說她擁有的鎂製火柴，能以上千度高溫給濡濕後結凍的薪柴點火。不過，當她打算示範的時候，果然被椎阻擋下來了。

心生疑問時會毫不顧忌對方地直接問出口的禮子，又提了一個問題。

「妳沒有小刀嗎？」

慧海的臉龐再度染上紅暈，變成有如髮色那般的橘紅。慧海取回禮子擅自拿起來玩耍的萬用瑞士刀，並回道：

「以前我曾經有過，可是挨了警察的罵。」

瑞士刀上頭所附的小刀被拆掉了。被認定是特殊開鎖用具，為撬鎖防止法之舉發對象的一字起子也卸除了。

「這是在官兵底下求生存呢。」

小熊也持有一把Camillus的瑞士刀，但她都擺在家裡未曾帶出門過，也從未感受到有其必要存在。假如騎車外出碰上麻煩，演變成得用小刀修理的狀況時，與其硬著頭皮維修，還是請人用卡車來載的風險比較低。

慧海覺得羞恥。對奇裝異服或怪異舉動都絲毫不以為意的少女，是對屈服於國家權力，為求苟活而折斷刀刃的自己為恥。小熊無法理解她的想法，同時卻也注意到，自己在等待她說出這番話來。

另一方面，禮子見到慧海的反應，似乎對她湧現了親近感。慧海原本就擁有很多禮子會喜歡的玩意兒，而她被問到小刀一事的反應，和禮子被人指出車子的保養疏漏或零件毀損時一樣。禮子在這種時候，也會像是內心想法遭人看光光一般感到很害臊。

禮子抓住慧海的肩膀，指著小熊、椎，還有自己停放在窗外的Cub，說：

「妳想不想騎機車看看？」

慧海先是看向車子，而後低下視線望著自己的雙腳才答道：

「我不需要。」

禮子尚未放棄洗腦慧海，只見她單方面地宣揚著Cub當作求生用具的優勢。

椎指著小熊，述說從前在隆冬時節騎乘Alex Moulton腳踏車時，小熊騎著Cub來拯救掉進河裡的自己那件事。

「當時，小熊同學來得比救護車還快，有如泰山般救了或許再過不久就要死掉的我喔。」

就小熊的觀點，自己只是回程接到椎的電話，所以順便載她一程罷了。受人感謝實在令她覺得很奇妙。最起碼她的手臂目前還太纖細，無法以飾演泰山的強尼．韋斯穆勒自居。

發現慧海看著自己的眼神有所改變的小熊，思索著跟自己很不搭的事情。

她的穿著及顯現在頭髮上的橘色，是表示「期盼自己能夠在任何環境之中活下來，並且幫助他人」的意思嗎？

抑或是她想要求助呢？

也許把這雙手吃得更粗一點比較好——內心這麼想的小熊，首先拿起了桌上的鹽漬牛肉三明治。

小熊碰觸了慧海身穿的那件橘色休閒衫。它的布料要比小熊所知的量販店商品來得厚實，且編織得很粗糙。感覺是為了它原本的目的——吸收劇烈運動後的汗水所製成的衣料。上頭還印著某種徽章，以及並非英文的字母。

「妳喜歡法國的小東西嗎？」

慧海俯視著自己的休閒衫。比姊姊椎玲瓏有緻許多的身子前方，印著軍歌《血腸》的歌詞。她以手指撫過文字，答道：

「我小學的時候很想進入法國外籍兵團，可是聽說他們不收女生就放棄了。」

小熊險些噗哧一聲笑了出來。她完全沒辦法理解想參加外國軍團的念頭，但至少這名叫作慧海的少女，絲毫不忌諱來自周遭的奇異目光。

感覺稍微聊一下，就沖淡了她給人的怪女孩印象。如同小熊憧憬著移動，事後回顧才發現買下Cub是必然的結果，她也是以自己的生存當成行動基準。想必不是因為其中有著什麼理由，而是她天生就對那種東西具備著比任何人都大的受體吧。聽了她成長的軌跡，還去探詢她變成這樣的理由並試圖規範，八成會是徒勞無功的一件事。

面對別人向自己拋出的話語，小熊總是會以雙手承接，才聽進心裡去。若是不確認言語的形狀便納為己有，將會遭到不值一聽的話語所迷惑。

這個世上，有的人像禮子這樣講話鏗鏘有力，每次接下來都會令雙手發麻；也有的人像是椎這樣，不輕輕接過就不會發現隱藏在話語之中的情感。當然也有一些人，他們的言詞只要拿在手上撕下必要的部分，剩下的一概拋棄也沒問題。

慧海這番話和小熊至今聽聞過的東西不同。儘管內容奇特，卻要比誰都純粹。這樣的字句穿過了小熊準備接收的手進入了她體內，彷彿她的考量毫無意義似的。

雖然思考和行動都截然不同，不過這名少女的走向和自己極為相似。小熊第一次對其他人抱持著「好想多聽她講一些話」這樣的想法。

8 一億

慶祝椎的妹妹慧海就讀高中的三明治派對結束後，小熊覺得自己對椎的神祕行動所懷抱的疑問，已然煙消雲散。

她感覺對慧海這名奇妙的學妹似懂非懂，但至少藉由BEURRE自豪的三明治跟派，填飽了近來不斷吃著粗食的肚子。

隔天早上，小熊與禮子明明是從方向相反的家中騎車過來，不知為何卻同時鑽過了校門，讓她嘗到了一次不怎麼愉快的巧合經驗。

小熊的Super Cub和禮子的Hunter Cub在停車場中隔了一點距離停著，正中間是給椎的Little Cub停放的空間。椎自從春假時買了那輛水藍色機車以來，一次也沒有騎到學校過。

椎還不太敢騎著輕機在公路上跑也是理由之一，而她從三年級第一學期開始後，就一直陪著入學來當一年級新生的慧海，徒步走著稍嫌遙遠的通學路，或是偶爾搭母親的車子上學。

擁有野外求生這個特異的興趣，國中三年都在東京都內的學校讀書的慧海，似乎還不太適應「上學」這個義務性行動，相信野外能夠學到的東西比學校還多。為了避免這樣的她跑到南阿爾卑斯的山野去，這個嬌小的姊姊要負責監視她。

正當小熊心想「照這狀況來看，今天也不需要為椎預留停車空間了」，打算把自己的車重新停靠在禮子的Cub一旁時，手抵著耳朵的禮子用另一隻手制止了她。

下一刻，小熊的耳中也聽見了熟悉的聲響。小熊往校門的方向看去，發現椎騎著略顯不穩的水藍色Little Cub過來了。

小熊對椎招招手，並指著兩輛車之間的位置。點頭回應的椎，一度在停車場前停下車來並關閉引擎，把車子推到兩台Cub之中停放。

Little Cub的後貨架裝了一個置物箱。

Cub儘管是一輛優秀的實用機車，卻不像輕型速克達那樣有安全帽放置箱可以收納行李。小熊與禮子都異口同聲地說過，給Cub加上箱子會派上極大的用場。

那只業務用塑膠箱，看起來像是椎拿家裡頭的東西來湊合著用。她由裡頭拿出從腳踏車通學時期便在使用的郵差包，再脫下跟禮子借了沒還的飛行員安全帽放入箱中。

就連小熊猶豫著該給自己的車裝上什麼箱子時，原先打算付錢買下的這種貨櫃箱，只要有在從事餐飲業，便能得到多餘的東西。那只箱子是以粗厚的束帶，牢牢固定在後貨架上頭。

唯有顏色配合了Little Cub車體的水藍色箱子，就旁人的眼光看來和資源回收箱沒兩樣。椎因此不怎麼高興，最後看似也是輸給了它的便利性而拿來使用。

那只箱子既無蓋子亦無鎖具。椎利用鋼絲鎖連接機車與柱子，再把疑似腳踏車用的纖細鍊條鎖，繫在箱子裡的安全帽上。這時，禮子對椎說：

「慧海她已經不要緊了嗎？」

在交車不久的時候，椎甚至會把鑰匙插在車上就走，直到小熊和禮子提醒才發現。給Cub施加防盜對策，露出希望受人稱讚的目光看著小熊的椎，轉頭回應禮子。

「我有吩咐慧海要好好上學了。」

接著她重新面向小熊那邊，並挺起胸部說：

「我跟她說『假如妳蹺課跑去登山，就算是甲斐駒頂上，小熊同學也會騎著Cub追過去，揪住妳的領子把妳帶到教室去』之後，慧海就回我『那我要到學校去』這樣。」

禮子抖動著雙肩發笑，而小熊則是不知該如何回應才好。椎和慧海究竟是怎麼看待自己的？就結果來看，慧海開始能夠獨自到校，而有些過度保護妹妹的椎騎著Cub來上學了。這樣是不是就好了呢？就在小熊這麼想的時候，打預備鐘的時刻也接近了，於是她們三人一道往出入口去。

在教室裡坐定並結束上午的課程後，禮子來到小熊的座位，坐在桌子上看手機。

小熊也會透過在學校或公共機構所借的電腦還有禮子的手機上網，但她會事先決定好必要資訊或應當開啟的網站才去看。另一方面，禮子則是會毫無理由地開啟手機。即使有資料要查或是在網拍買東西，她也會無謂地東逛西逛才到該網站去。

禮子似乎在首頁所設定的新聞網站發現了耐人尋味的報導，於是她點擊之後拿給小熊看。

報導內容是，Super Cub的生產量即將到達一億輛。

感覺那並沒有什麼關於保養車輛或購買零件的有益資訊，因此小熊興趣缺缺。而禮子則是單方面地對她述說著。

「那可是一億耶，一億！在機械產品之中，數量勝過它的頂多只有卡拉什尼科夫軍用步槍呀！不過和人們生活息息相關的還是Cub啦。」

椎來到了沒意願搭理她的小熊身旁。直到昨天都還要在午餐時間照顧妹妹的椎，打算由今天起再次和小熊她們倆一塊兒共進午餐了。閒逛著網路打發時間的禮子，看起來之所以會像是期盼已久一般，一定是小熊的錯覺。

椎以一副「得好好珍惜有限的午休時間才行」這樣的感覺，捲起了西裝外套的左手腕部分。小熊指著椎正在看的那只全新腕錶。

「妳買了那個呀？」

和小熊同班的那些高中生們，不戴錶的人數比較多。如果把範圍限縮到女生，就大概是每四到五人會有一個人戴。手錶這種東西會讓手腕留下痕跡，還會有很多麻煩，而且要看時間的話拿手機就好了。

其中少數有戴錶的女生，一個就是小熊，另一個則是禮子。她們倆的共通之處，就是都有在騎機車。

當騎機車在路上必須確認當下時刻的時候，雖然從口袋或包包裡拿出手機來就可以看，不過也會親身理解到何謂生命危險。

自從先前沒有戴錶的椎開始騎乘Little Cub，小熊便以「有只手錶會很方便」這樣的感覺，婉轉地建議她購買。

椎的小東西和持有物都統一以水藍色為基底。她會買錶不僅是為了模仿小熊這個理由，而是因為她看上眼之後就想要了。手錶在騎車時的必要性，八成是衝動購物的臨門一腳或是藉口而已。

據椎表示，她透過網購訂了卡西歐G-SHOCK的女性款——也就是BABY-G，而商品在昨天送到了。至於應該會在下個月收到的帳單，買車後身無分文的她，感覺並沒有深思過這件事。

「我從很久以前就想要這只錶，而它剛好降價了。說是要紀念G-SHOCK製造了一億只。」

禮子的表情為之一變。不久前才被Super Cub達成一億產量的新聞挑動起自尊心的她，露出一臉心有不甘的樣子。小熊則是毫不介意地拿出自己的午餐來。

今天早上她沒時間煮中午要吃的飯，所以帶了之前囤積的食物過來。那是醬油口味的杯麵。

「我要在半路上繞去教職員辦公室裝熱水。」

接著，她對禮子補充了一句：

「聽說這個生產了四百億杯。」

小熊及椎兩個人把受到追擊而深受重創的禮子帶出教室，前往她們吃午餐的老地方——停車場。途中小熊要繞到辦公室，而椎則是要去一年級生所在的一樓教室。

並未身穿那件滿是口袋的背心，而是做制服打扮的慧海，看似要比昨天見面時來得纖瘦。還以為她會在午休時分的教室遭到孤立，不過卻有幾名同學向她攀談。儘管慧海的穿著和言行都很奇特，但身材高挑、五官端正的她只要緘默不語，看起來倒也像是會以神祕氛圍吸引到女孩子的類型。

讓小熊與禮子在教室外頭等的椎，闖進了身材比自己高了不少的一年級生之中，抓起慧海的手說：

「午餐要和姊姊吃才對。」

椎就這麼把慧海帶了過來。她聽見教室女生說出「好可愛喔～」、「真是個愛撒嬌的孩子呢」這樣的話來。如果光以外表判斷，妹妹比較像監護人。

小熊跟禮子帶著椎和慧海走出了校舍。眾人在停車場就定位後，午餐時間才總算開始。禮子吃的三明治，看似是拿椎家的店買來的長棍麵包，僅抹上電影《歌劇紅伶》裡出現的奶油和魚子醬所自製而成。雖然那些魚子醬的材料是便宜的圓鰭魚魚卵，不過感覺做得挺棒。

椎那份泡在金寶湯的罐頭蔬菜湯裡並附有鴨肉的義大利麵，就好像西式鴨肉南蠻麵一樣。小熊的杯麵也正好可以吃了。慧海的是某種狀似茶色丸子或黏土的食物。

小熊開口詢問那是什麼東西，於是慧海不卑不亢地答道：

「這是糌粑。以酥油茶揉製炒麥粉，再摻入鹽巴與辣椒做成的。」

慧海說著說著就對小熊遞出那個叫糌粑的東西。她果然還是婉拒掉，吃著平凡的食物了。

小熊並不是對西藏遊牧民族當作主食的糌粑沒有興趣，只是她感覺得把自己限制在平庸之中才行。

她認為，才高一的慧海所享用到的自由滋味，對當前的自己來說好像略顯甜美又帶了點苦澀，實在是品嘗不得的東西。

接著上完下午的課程之後，小熊預計要接受出路指導。

9 出路
室内は静かに
国公立大学
願書
提出期限を守りましょう!
○月×日
センタープレ
大学紹介
未来をみすえて…
就活支援
なりたい職業ランキング

升上高三的小熊，過著和二年級時期沒有兩樣的日子。

搞不好只是她在告訴自己「日子毫無改變」也說不定。

雖然班導也跟著一起升上來而沒換人，可是教室從三樓換到了四樓，在走廊上和低年級學弟妹擦身而過的機會也變多了。而且，小熊還認識了惠庭慧海這個令自己興味盎然的朋友。

變化就在渾然不覺的時候緩緩發生著。話雖如此，它卻也沒有遲緩到能夠讓不願正視的人別開目光。

小熊心底想著這些事情，同時敲了敲教職員辦公室一旁的門扉。那是為了某個目的而打造的小房間。

門上吊掛著一面寫著「出路指導室」的牌子。當小熊還在一、二年級時，仍認為和自己無緣的房間。

小熊將被迫在這麼丁點大的箱子裡，決定往後的人生。

她之所以來到這兒的理由，是早上班會結束後，班導找她過來的。

班導表示有些關於小熊未來出路的事要談，吩咐她放學後到出路指導室一趟。

儘管尚未舉行第一學期的期中考，小熊就已經體認到，自己處在必須比其他同學更早採取行動的立場了。

如同騎機車需要在公所或警局辦手續那般，身為高中生的自己要盡很多義務才能活下去。

有點提不起勁的小熊獲准開門後，坐在既已排好文件的桌子前面。

在小熊於高一變得舉目無親時，班導視她如己出般照顧。而當小熊升上三年級後，班導同樣關心著她的出路。

雖然班導有點太過顧慮「無父無母的寂寥」這個和小熊沒什麼關係的情感，但她的提議對小熊來說極具魅力。

那便是利用獎學金讀大學，還有指定校推薦制度迴避隨之而來的灰暗應考生活。

幾乎未曾遲到曠課，成績平平卻也沒有特別大好大壞的科目，這樣的小熊應該能獲得推薦。當小熊知道大學那邊的推薦負責人同情自己失去監護人的孤苦遭遇時，心中有些嗤之以鼻，但不管怎樣，只要入學就贏了。

班導介紹的公立大學就位在東京都。雖然那裡並沒有小熊特別想攻讀的學科，不過基本上很適合她「想要永遠過著自己一度喪失的尋常生活」這個目的。

即使小熊不透過推薦，而是以一般考生身分應考，也很難說是否能藉由今後的努力考上——那所學校的水準便是如此。

那座校園設立在東京底下綠意盎然的新興都市中，簡直就像是為了小熊理想的大學生活量身打造的。班導把刊載著校園風光的導覽手冊拿給小熊看，說：

「我不會要妳當場下判斷。等到期中考結束後，妳請個公假去那邊參觀，到時再決定就好。」

忽然開始嫌麻煩的小熊，很想用思考著「晚餐該吃什麼好」的調調，來決定該選擇哪一所大學就讀。她姑且還是向班導道了聲謝，並表示近期內會去參觀學校。

小熊低頭離開出路指導室之後，發現禮子人在外頭的走廊上。

放學後，小熊有先告訴禮子自己有事，無法跟她一起回去。這令小熊心想：她居然專程在這裡等我，難道禮子沒有別的朋友嗎？

「辛苦了。」

「累死我了。」

禮子要過陣子才會接受出路指導。雖然獨自生活但雙親健在的禮子，有關升學的麻煩事要比小熊少了一些。

「等下要不要去BEURRE喝個咖啡？」

小熊搖頭拒絕了禮子的邀約。

「我要去騎騎車。」

和她並肩而行的禮子，歪過頭納悶地問道：

「都累了還騎？」

「就是累了才要騎。」

正因如此，小熊才會想要找個東西，來淨化她內心累積的疲憊。

她們倆從出入口走出後，分別在停車場騎上了自己的機車。

兩輛Cub之間，停放著水藍色的Little Cub，而車主椎沒有要現身的樣子。口口聲聲說不再陪妹妹慧海上下學的椎，似乎還是跑到她那兒去了。

小熊與禮子一塊兒起步騎出校門，之後彼此往反方向分開。禮子曾一度展現出有意跟著小熊去的動靜，不過隨即轉回把手，往自己家的方向揚長而去了。

騎在學校前那條縣道上的小熊，接近了與國道二十號線交叉的牧原。直走便會騎到自家公寓所在的日野春站前，右轉則會到韮崎、甲府還有東京。

右轉而去的小熊，腦中計算著現在來回一趟大概需要花上多少時間，同時馳騁在國道上。

10 物質數量

下午三點左右離開學校的小熊，快傍晚六點才抵達目的地。

八王子市南大澤。

今天下午班導告訴小熊說，她有可能獲得校推。那間大學就位在這座城市。

從日野春出發，在甲州街道騎上一段漫長的路途後於相模湖右轉，經國道四一二號再由橋本進入多摩新市鎮稍騎一陣，便是小熊的所在地。

小熊想看看明年這個時候自己可能在此居住的城鎮而騎車過來，結果大概耗掉了半桶油。

把車子停在目光所及的停車場之後，小熊眺望著購物商場日落後閃閃發光的燈飾。

她幾乎快被街上的物質數量給震懾住了。

開始騎機車將近一年，山梨縣內自不用說，跑遍隔壁縣市的主要道路，不久前甚至還體驗過九州兜風之旅的小熊，來到東京的次數屈指可數。

對小熊而言，儘管東京和山梨相鄰，卻是個既近又遠的地方。物理距離遠得讓人不方便隨興購物也是原因之一，但搞不好是因為她對日本首都懷抱著奇妙的精神壓力。

穿著一身深藍色的樸素制服騎乘Cub，也許會被東京路上的汽機車駕駛或行人指著嘲笑自己是個鄉巴佬。東京的道路或許有著不存在於道交法之中的獨特規則，不了解箇中詳情的汽機車駕駛會吃到苦頭。

實際從山梨經過神奈川，於橋本跨越縣境進入東京時，小熊明白到自己愚昧的杞人憂天，當真愚蠢無比了。

雖說是東京，可是往來於路上的車輛及行人，和山梨並沒有兩樣。Cub也是隨處可見的交通工具。像是老農民、看似正在跑外務的社員，或是穿著制服的高中生都有在騎乘。小熊也融入其中了。

她這時搞懂了。與其針對陌生城市或世界進行諸多想像，不如親眼確認比較好。

所以，小熊才會花了將近三個鐘頭的時間遠道而來。

確定站前購物商場的停車場可以免費停放兩小時的小熊，下車給車身裝上鋼絲鎖，接著邁步而行。

小熊並不認為自己住在窮鄉僻壤。只要騎車十五分鐘就有韮崎的購物商場，三十分鐘便到得了縣廳所在地——甲府。在那裡，什麼生活必需品都買得到。

甲府這個山林綠意都較為豐沛的地方都市，和位在東京邊陲的八王子沒有兩樣——此種想法，被小熊眼前這棟建築物前所未見的大小和規模給刷新掉了。

無從想像起照亮它要花多少電費的購物商場裡頭，塞了超市、餐飲店、時尚精品和觀賞植物的店家。稍走兩步，就會發現還有另外一間更大的購物中心設立於此。

當小熊見到隔著南大澤車站另一頭那座遼闊的暢貨中心時，她感覺自己都要胃食道逆流了。小熊今天要來看的公立大學，就和這座與車站化為一體的暢貨中心比鄰而居。

要走進設有警衛亭的大學校地內實在令她感到猶豫，因此小熊只在外面看看便折回了。她唯一確定的事情，就是從車站走到學校應該用不著五分鐘。

在這段通學路上，幾乎能夠買齊所有必要的東西。這座城市的物質數量多得非比尋常，想要什麼都能得到。

即使如此，八王子依然是東京之中的郊外。小熊暗想：自己尚未騎著Cub造訪過的東京都心，究竟會是什麼樣的地方呢？畏縮不前和意欲親眼見識一下的心情交雜在一塊兒，不過目前小熊已經想打道回府了。

小熊回到停放車輛的購物商場，進入一樓的超市。她在廣闊到看不見賣場邊緣的店鋪裡，買了三顆一組的飯糰便當，以及寶特瓶裝的茶飲。

就小熊環顧周遭的觀察，商品的價格和山梨的超市大致相同。也許特賣品會是這邊比較便宜。

小熊走出商場，回到停放Cub的停車場去。她坐在機車座墊上，吃著飯糰配茶。光是眺望著天色昏暗後依然璀璨的街景，她就覺得已經飽了。

吃完飯糰便當並把垃圾丟掉的小熊，回想起接下來得騎一百多公里回到住處，於是跨上免付停車費的Cub，發動了引擎。

小熊從一度騎上的車子下來，在稍遠之處同時將商場和自己的機車納入眼簾。藉由人們的消費耀眼生輝的物質王宮和Super Cub看似互為極端，但感覺這樣也挺搭調的。

即使大學這邊確定錄取，未來將在這座沒必要騎車討生活的城市過日子，自己多半也會繼續騎著Cub吧。確認到這點後，小熊再次跨上車子，踏上往山梨的歸途。

11 托特包

由於回程在甲州街道遇上了意外造成的交通堵塞，小熊到達老家北杜市的時間，已經快要午夜十二點了。

還在當國中生的時候，她沒有辦法想像自己在家外頭待到這麼晚。當時的她，對夜晚的世界一無所知。如今尖峰時段過後能夠讓小熊舒適騎乘的道路，已經是她世界的一部分了。

高中生深夜在外遊蕩總是會遇到的警察輔導，過去會令小熊怕得像是個行差踏錯的罪犯一般。可是自從她開始騎輕機，習慣了警察那雙有如盯緊獵物的眼神之後，儘管心裡覺得麻煩，卻也看開地認為，那不像交通違規一樣有著罰鍰或扣點的實際損害。

即使是這種夜深人靜的時候，也有著人車混雜的世界嗎？內心如是想的小熊，轉頭回顧自己騎來的道路。在她的視線前方——東京的中心便是如此吧。那個或許明年將要去過活的地方，能夠騎著Cub去觀察的世界。

小熊原本想說稍微折返看看，可是考量到剩餘油量和明天會睡眠不足的狀況，她便直接驅車前往位在日野春的自家公寓了。

在十二點多的時候回到公寓的小熊，沖了個澡便上床去。見到南大澤的幾個鐘頭以前，在日期上已經算是昨天了。小熊連針對那座城市進行思考的空檔都沒有，便踏入夢鄉了。

隔天早上，小熊替沒烤過的吐司塗上花生醬及罐頭鮭魚醬，再配上即溶咖啡歐蕾當成早餐。吃完東西的小熊，騎著Cub往學校出發。

停車場裡有一輛水藍色的Cub。升上三年級後好一陣子都陪妹妹上學，導致常常晚到的椎，到校時間似乎恢復到腳踏車通學時期的標準了。

小熊觀察著椎的Little Cub。她首先確認到鋼絲鎖有好好繫在停車場的柱子上，接著注意到後貨架上產生了變化。

椎並不太喜歡，只是將就著用的塑膠資源回收箱，看似替換成其他箱子了。

小熊定睛一瞧，發現箱子還是原來那個，只是有布套整個罩在上面。那是一種叫作帆布的堅固厚棉布，原色布料上頭繪有水藍色細條紋。

感興趣的小熊靠近一看，發現整個箱子像是被一個特大的包包裹住一樣。只以粗徑束帶固定住的箱子，八成是先拆下來蓋上帆布袋，再重新裝在貨架上的吧。

感覺用手指碰觸便會磨破皮的堅韌帆布袋，是小熊在購物網站或戶外用品店也看過的東西。那是叫作托特包的簡約手提袋。上頭還附有L.L.Bean的吊牌。

將整個資源回收箱包覆起來的托特包，比小熊所熟悉的東西還要大上一圈。它上半部和一般開放式設計的包包不同，是利用感覺很堅固的黃銅拉鍊緊閉著。

這家美國出資的戶外用品製造商L.L.Bean所做的商品，許多款式、尺寸及訂製品都沒有在日本正式發售。小熊曾經聽說過，L.L.Bean在網際網路普及前便積極推動海外網購業務。即使是北美限定的產品，只要稍微會點英文，也能在日本買到。

儘管實際體會到後箱的便利之處，卻也無法接受回收箱外型的椎，看來妥協於拿個拉鍊托特包罩住箱子這樣的處理方式了。

包含水藍色的Little Cub在內，椎身上的東西也多半是同樣的顏色。小熊看完椎的機車後方，藉由她的狀況察覺到迄今從未注意的一件事。

椎穿制服時會配戴水藍色的小東西，而便服則會選擇義大利甲級聯賽之中拉齊奧的運動服之類。儘管她喜愛水藍色的服飾，卻不曾搭配同樣顏色的內衣。

當外頭穿著水藍色衣物時，椎經常會挑白色或她第二喜歡的綠色當作內裡。更底下所穿的東西也一樣。如果內褲是水藍色的話，胸罩就會是白色的——反之亦然。

覺得又多了解椎一點的小熊，站在稍遠之處看著她的Little Cub。水藍色的機車後方放了一只原色托特包，這個組合還真是有品味。直接拿來用只會像是個回收箱的箱子，成了讓包包挺立的芯材。

由於箱子上面沒有蓋子，裡頭的東西不但會被人看光光，還會遭受風吹雨打。利用拉鍊托特包替它加蓋的選擇，也具備了合理性。

為了預防犯罪或竊盜，不僅是上鎖，避免物品暴露在光天化日之下也很重要。在洗劫車內財物案件頻傳的義大利所製造的汽車，如今覆蓋音響的保護套依然是標準配備。

觀察了Little Cub一陣子的小熊，把自己的車停靠在椎的車旁邊。她總覺得不太想被其他人瞧見，代表了椎的感性及內心世界的那輛Cub。

小熊認為，自己車上的鐵箱很符合自個兒重視匿名性的觀念。下了車的她，從箱子裡拿出一日背包，並收起安全帽。這時，小熊最不願意讓椎的Cub給她看到的對象，隨著一道噪音而來。

禮子把Hunter Cub停在小熊那輛Super Cub的反方向，正好包夾住椎的機車。停好車的禮子，果然發現到Little Cub的後箱，肆無忌憚地出聲說道：

「這只托特包！米白底色加上水藍色線條，不就跟小椎的內褲是同樣的花紋嗎！」

光是嘴上講講還不滿足，禮子甚至有意東摸西碰那只和椎的內褲花紋一樣的包包。

小熊以「馬上就要打預備鈴了」為理由，把禮子拖到教室去了。

12 實用品

小熊與禮子進入教室後，發現椎果然已經到了。

自從升上三年級後，椎一直要陪著她新生入學的妹妹而動不動就晚到，看來她總算放妹妹自個兒獨立了。

內心這麼想的小熊往椎的座位靠近，這才發現教室裡築起了人牆來。

小熊並不像禮子這麼愛看熱鬧。她有意無意地往女學生聚集起來騷動不已的那一帶看去，於是立刻明白發生什麼狀況了。

人牆中心有個比其他女學生還高出一個頭的女生。她撥開圍繞在四周的人群，往小熊那邊接近。

「早安。」

既非爽朗的笑容亦非點頭致意，慧海面無表情地打了個簡樸過頭的招呼。

直到昨天都還陪同妹妹到教室去的椎，今天把她帶到自己班上來了。

椎挺起胸部，驕傲地說：

「慧海終於可以獨自上學了喔。」

慧海看似並沒有因為姊姊的話語而感到害臊或內疚，不過她瞄了一眼小熊的臉龐之後，開口辯解道：

「我習慣獨來獨往，是椎不許我那麼做。」

從座位站起來的椎，使勁拍打著來到她身邊的慧海背部。假如坐在那邊，她的手搆不到。

「真是的，就是因為妳都講這種話，才會在班上遭到孤立啦！」

和椎這番話相反，直到剛才都在對慧海展開質問攻勢的班上女生，遠遠凝望著她。身材高挑、容貌端正，再加上流裡流氣及態度冷漠。看來小熊的預料並沒有錯，慧海或許是個會受女生歡迎的類型。

如同要證明這點一般，教室入口已經有著疑似來接慧海的一年級女生望著她們，並猶豫著該不該走進三年級教室。那是小熊前往一年級教室時，包圍著慧海的女學生。

注意到周遭女生的視線，椎一副「休想帶走慧海」似的，將人拉到自己身邊來。慧海也極其自然地，像是要保護身高只到自己心窩處的姊姊般，把她擁在身前。

如此一來，都不曉得這對姊妹究竟是誰開始有辦法獨自上學了。

預備鈴響起後，慧海在班上女生圍繞之下，回到自己的教室去了。因為椎非常依依不捨地緊盯著慧海離去後的走廊瞧，小熊沒問到她早上所發現的事——亦即椎的Little Cub產生的變化。

上午的課程結束之後，便進入午餐時間了。拿著便當到停車場集合的人，有小熊、禮子、椎和慧海，成員和昨天相同。

小熊的午餐是早上利用鋁製飯盒所煮的白飯，再放上帶背骨的罐頭鮭魚。由於不久之前她和禮子去倒店品即售會買了大量的罐頭，所以便當自然而然地淨是吃這個。

禮子還在繼續嘗試自己做三明治。長棍麵包裡頭夾了萵苣、火腿還有起司，儼然就是電影《終極殺陣》之中出現的食物。每天早上都會自個兒煮義大利麵的椎，今天是吃白酒蛤蠣口味。

慧海昨天吃著以酥油揉製的炒麥粉這種怪異的東西，而今天她的午餐變得稍微正常了一些。慧海拿出了以某種綠葉所包覆的烤飯糰。

注意到小熊的視線後，慧海對她遞出了飯糰。

「妳要吃嗎？」

好一陣子沒有做這道料理的小熊，好奇地吃了一口她所遞來的飯糰。下一刻，未知的味道在嘴裡蔓延了開來。

從它帶著茶色的外觀來看，小熊還以為是醬油風味，結果卻有一股像是腥臭味的奇妙氣味及口感。小熊差點反射性地把第一口吐出來，可是想到慧海就在面前看著，只好硬著頭皮吃下去。隨後，腥臭味逐漸融入口中，甚至可以說它並不難吃。被這個味道所吸引的小熊，向慧海問道：

「這是？」

「浸泡在魚露——一種越南的魚類醬油裡所做的飯糰。」

剛開始只打算吃一口的小熊，卻把一整個魚露烤飯糰都給吃光光了。小熊原本想以鮭魚當作回禮，不過慧海看似沒帶筷子，於是便直接餵她吃了。

聽到越南魚露的禮子，一副也想吃吃看似的嚷著「我也要——！」，但慧海只回了一句「我明天會再帶過來」，婉拒禮子遞出來的長棍麵包。椎看著小熊與慧海的互動，面露有些五味雜陳的表情，吃著蛤蜊義大利麵。

在用餐途中，小熊指著椎那輛Little Cub的後方，問道：

「這個是？」

椎一臉驕傲地撫摸著後貨架上頭所放的箱子，回答：

「我倒也不是不喜歡這個箱子，只是想說有個保護套可能會更好。」

禮子碰觸著椎拿來當作保護套的帆布托特包，說：

「居然是L.L.Bean，妳的喜好還真是素雅呢。」

「我本來在猶豫說要Herve Chapelier還是L.L.Bean，但家裡有這個就用了。」

眾人以為跟不上Cub話題的慧海，此時插嘴說道：

「這個包包是我的，是因為椎想要我才給她。」

沒有姊妹的小熊不甚清楚，不過姊姊這種生物似乎無論在哪個家庭裡都是暴君。尤其椎能夠分別運用姊姊強取豪奪的招數，以及妹妹痛哭跪求的伎倆。

「妳怎麼會有這種包包呢？」

就小熊的觀察，慧海對利用自己的身軀和裝備進行求生活動有所執著。這樣的她感覺跟大包小包的行李無緣。一個似乎能裝下橘子紙箱的帆布包，和所有家當都在身上的少女很不搭。

慧海捏起那個變成姊姊所有物的托特包，同時開口說：

「當哪天我們因震災或戰亂必須離開家裡去避難時，我要把椎裝進去再逃跑。」

禮子笑得險些把三明治哽在喉嚨裡，小熊也費了番工夫才把自己的鮭魚飯給吞進肚子，而椎則是滿臉通紅。

「姊姊哪有可能裝進這種袋子裡啦！」

自幼便認識椎的慧海自不用說，就算是從小熊或禮子的眼光來看，要把椎裝進去顯然完全不是問題。

吃完午餐並上完下午的課程，大夥兒迎來放學時間。平常大多會和小熊一起到停車場的禮子，指著和出入口不同的方位說：

「這次輪到我要接受調查了。」

看來禮子要去接受出路指導。

13 等人

目送禮子前往出路指導室的小熊，往Cub所在的停車場去。

升上高三之後，學校立刻發了升學就業調查表給大家。雖然這個時期要決定志願學校還嫌太早，可是至少必須要填寫未來的方向繳交出去。

會被老師找去的，除了像小熊這種對升學有特殊需求的狀況，就是記載有所疏漏的學生。

無論如何，小熊和禮子的交情都沒有好到會在事不關己的時候等對方回來。她們兩個都很討厭浪費時間。

椎似乎在半路上從一年級教室把慧海拉了過來，而小熊和她們會合了。

從出入口離開，抵達位在校舍後方那座鐵皮屋頂停車場的小熊，跨上自己的機車。

椎的Little Cub後方裝設著一個塑膠箱子。她拉開覆蓋在上頭的托特包拉鍊，從裡面拿出一直沒有還給禮子的安全帽戴上。

小熊很好奇沒有輕機和腳踏車的慧海要怎麼回去。只見她揹了一只人稱背包界的勞斯萊斯，和那堆便宜配備很不搭的Gregory一日背包。慧海稍稍舉起手對小熊打過招呼後，便以穿著合成皮叢林靴的雙腳衝到外頭去了。

椎按下小熊她們倆的車都沒有的馬達啟動鈕，發動Little Cub的引擎。她慌慌張張地向小熊道別後，便騎車追著慧海的背影去了。

從學校到椎與慧海的家，是一段一公里多的平緩上坡。感覺跑這點路對慧海來說絲毫不是問題，反倒是能夠淨化在教室裡久坐不動的身子，但椎會覺得坐立難安吧。椎完全沒察覺小熊只是跨坐在車上，並沒有腳踩發動引擎。

實際上，就連小熊也不明白原因為何。

騎在車子上的小熊，望向位於自己身旁的某樣東西。一輛紅色的Hunter Cub，隔著椎原本利用的停車空間停放著。

這輛實用的輕機要比停駐在四周的輕型速克達來得簡樸，不像它們一樣以塑膠覆蓋車體，而是採用了鐵這種過時的機車素材，內部機件一覽無遺。或許對機車不甚了解的人，會覺得它看起來比那些輕機還要廉價。他們鐵定想像不到，這輛Hunter Cub的售價超過兩輛全新的輕型速克達。

一般輕機自不用說，世上大部分機車無法騎乘的地方，Hunter Cub都到得了。在這所學校裡，八成只有一個人知道這件事。

小熊回憶起禮子剛買車之後，就立刻陪她去林道騎一趟的事情。

當時，她們騎著Hunter Cub雙載，千辛萬苦地騎完有許多越野機車在半途投降的艱險山路。好不容易登頂之後的狀況，實在妙不可言。

禮子沉浸在彷彿拿回花在車上的大錢還有找似的滿足感之中，而被她帶著跑的小熊則是累癱了。這時她們倆所看見的，是騎著極其普通的Super Cub前來採山菜的當地老爺爺。

還以為禮子深受打擊，結果她卻開心地表示「Cub果然厲害！」。小熊回想起她那時的模樣，不禁放鬆了臉頰。

偶爾像這樣在Cub上想事情也不賴。就在小熊心中如是想的時候，禮子出現在她的身邊。

禮子的神情平時總是超乎必要地喜怒分明。見到她現今的樣子，小熊說：

「我們騎車去跑一跑吧。」

禮子的表情變了。其中透露出來的情緒，放心多過於高昂。

小熊沒有理由等禮子回來，不過找個理由這點小事她還做得到。

14 空白

小熊和禮子騎著兩輛Cub到路上。她們並沒有討論或決定要上哪兒去。

放學後原本只會直接回家的小熊打從開始騎車後，就不時會做這種事情。

先離開校門的禮子在學校前的縣道左轉，將車子往東邊騎去。那和她在西邊的小木屋方向相反。

西行道路通往南阿爾卑斯山脈。無論選擇哪一條，車道都會在途中走到盡頭。

在縣道騎了一會兒的禮子於牧原十字路口右轉，小熊也隨後跟上。

禮子進入甲州街道的Hunter Cub，往甲府和東京那一帶騎去。平常兩人一塊兒騎車的時候禮子總會想要帶頭，而今天小熊也是從背後望著她。

小熊注意到，禮子今天騎得異於往常。平時的她，總會像是要誇耀自己親手調校的機車性能似的在幹道上超速行駛，意圖騎在車流前方。然而，今天她只要在半路上遇到路口，就會反覆進行著不自然的減速。

小熊轉動自己機車的節流閥把手。她這輛引擎正常是四十九cc，藉由車床加工和交換活塞後變成五十二cc的車，一旦進入高轉速區域，速度就會變快。

中古車行的老爺爺表示，這是數十架之中才有一架的優秀引擎。車子正發揮著如他所言的性能，追過了禮子的Hunter Cub。

小熊就這麼引領著禮子的車，騎過甲州街道。綿延在路旁店鋪之間的山林原野，是小熊在購物或閒來無事騎車亂晃時，看過無數次的山梨風光。

禮子乖乖地跟上了小熊的車。小熊透過後照鏡，看著不像平時一樣從背後挑釁自己的禮子，並在通過甲府昭和那一帶之後舉起了左手。

小熊活用了Cub能夠單手騎乘的長處，打手勢告訴禮子自己將要繞去的地方，隨後就這麼直接騎進了日式屋宇風格的公路餐廳。

禮子今天的模樣怪怪的。自個兒思考過理由的小熊，判斷她一定是肚子餓了。她們倆進入寬廣的停車場，將車子並排停放在靠近店鋪的機踏車停車空間之中。看來小熊的想法沒有錯，脫下安全帽的禮子一看到店面就興奮了起來。

小熊走進的，是一間會提供雞內臟和蕎麥麵的店。像小熊和禮子這種來自外縣市的人不曉得，不過根據當地人表示，甲府名產——醬油燉煮雞內臟是他們許久以前就習以為常的食物，只是「B級在地美食」的名號讓它逕自變得出名罷了。也有很多人是這時才曉得，這種食物在其他縣市並不常見。

當她們在豎立於店內的北原白秋歌碑前等待的時候，身穿和服的店員出來招呼，於是小熊便告知希望坐在停車場那頭的窗邊座席。

不僅是替停放好的Cub上鎖，還要盡可能把車子停在店裡看得見的位置，並選擇能夠望見外頭車輛的座位。記得這是從禮子那兒聽說的。小熊心想，下次就來告訴椎吧。

距離晚餐時間尚早的客席之中，坐著上班族還有看似觀光回來的老夫婦。果然沒有穿著制服的女高中生——內心如是想的小熊看了看自己的紅色機車夾克，以及人在身後的禮子所穿的飛行夾克。她們倆多半和一般的女高中生有些不同吧。

小熊坐在見得到Cub的位子，向前來的店員點了蒸籠蕎麥麵。以醬油熬煮的雞內臟儘管令人食指大動，可是她的經濟狀況也沒那麼寬裕。

小熊原以為，反正平常就活得很忠於口腹之慾的禮子八成會點，跟她要幾塊來吃就好了，結果禮子也點了一樣的麵。心想自己盤算落空的小熊，喝起了茶來。

邊吃麵邊閒聊的景象一如既往。她們聊著Cub，還有椎及慧海的話題。而當小熊提到自己有可能到東京都內的大學就讀時，禮子很罕見地乖乖當著聽眾。

小熊與禮子又加點了麵條，兩個人各自掃空了兩碟蕎麥麵。拿了湯桶（註：側邊帶嘴的木製漆器）喝著蕎麥湯的她們，注意到對話中斷了下來。

禮子由於飢餓導致欠缺平時的生氣，狀態和她本人厭惡的詞彙「環保」十分相襯。

小熊原本想說，只要無端端浪費燃料及糧食，禮子就會恢復往常的模樣，可是她的預測又錯了。

交互喝著熱茶及蕎麥湯並看著窗外的禮子，注意到了小熊的視線。由於她撇開了目光，小熊也一副棄她於不顧似的別過頭去。這時禮子才略顯慌張地把手伸進飛行夾克的口袋裡，拿出一張摺起來的紙。

禮子將攤開的紙片推到小熊那邊去。那張文件小熊也有看過，是前幾天提交出去的升學就業調查表。

文件上寫著禮子的名字，可是要填寫未來志願的項目卻是一片空白。

⑮ 紙片

小熊不曉得該看向桌上的紙片，或是在對面凝視著自己的禮子而心生猶豫，於是她舉起手呼喚了店員。

「請給我一份雞內臟套餐。」

小熊倒也不是打算在吃飯時好好思考一下。坦白說，看到眼前連自個兒的未來這種要緊事都無法決定的傢伙，小熊就覺得在意每個月的伙食費或帳戶餘額這些小事變得很愚蠢。禮子也學她點了相同的食物。

小熊吃著馬上就送來的套餐，並向禮子問道：

「高中畢業後妳想做什麼？」

禮子大快朵頤著醬油燉煮雞內臟，同時看向窗外。她的視線前方，有一輛紅色的Hunter Cub。

「我什麼也不想做。」

不曉得禮子是把目光從小熊身上別開，抑或是她想讓小熊看看，比起正面表情更能顯露出人們內心情緒的側臉。最起碼目前禮子的雙眼，別說是小熊或雞內臟套餐，就連窗外的世界都沒有映照在其中。

「我想要一直騎乘Cub奔馳下去。」

續了一杯熱茶的小熊，喝了一口之後，說：

「難以理解。」

看似低頭深思的禮子，彷彿要向自己的車子尋求答案一般，再度望向窗外。接著，她摸索並拼湊著自己內心都尚未釐清的思緒，低聲喃喃道：

「至少我絕對不要成為一個『興趣是在週末騎乘Cub』的女人。」

小熊依然聽不太懂，但禮子多半弄清楚了，只是她還沒有辦法敘述得很具體。能夠理解到這點的人並非教師，而是立場更為相近的對象。

講白了，這個任務落到自己身上令小熊覺得麻煩不已，不過對方畢竟和自己是互有虧欠的交情，於是她決定默默地聆聽。

「我的Cub並非生活用品，也不是工作之餘的休閒用具，更不是什麼嗜好品。」

禮子掛著激動的眼神，看著小熊說：

「我是為了騎Cub而活的。」

小熊指著那張白紙，回應道：

「妳有辦法那樣寫上去嗎？」

禮子低下了視線。她根本不可能這樣寫或說出口。禮子這份心願，肯定沒有人能夠理解。

禮子回憶起方才在出路指導室所進行的談話，同時回答：

「我只能跟老師說，我目前仍無法做出任何決定。結果老師吩咐我這個月之內要做出判斷來。」

即使聽到這裡，小熊還是搞不太清楚禮子的話中之意及腦中想法，但只要有在騎乘Cub，多少會學到一些應對方式處理未知的事物。至今未曾騎過的道路，或是不曾體驗過的障礙。那種時候自己是怎麼做的呢？而禮子又會如何面對呢？小熊拿起了那張升學就業調查表。

「這張紙是什麼？」

禮子憤恨地望著折磨自己的紙片，答道：

「填寫未來出路的紙。」

「不對。」

小熊指著比記載出路的項目更高一階的地方——也就是文件的標題部分，說：

「這張紙所寫的內容，是要令那些想了解妳日後規劃的人認可。」

看禮子的表情，似乎得到了一點頭緒。

「妳的意思是不要照實寫嗎？」

身為Cub的車主，常有因為登錄或申請許可等狀況，必須製作並提交文件的機會。如果希望能夠順利送件並獲得處理，那麼全部依照事實填寫並不見得是最好的主意。

「謊言、場面話、拖延時間。縱使之後東窗事發，也不會要了妳的命。」

禮子的神情豁然開朗。就小熊所知，那張打著壞主意的模樣，是禮子最為活力充沛的時候。儘管平時她不怎麼想看到，但總比禮子剛才的表情要來得好。那副德性，讓難得品嘗一次的蕎麥麵和雞內臟都變難吃了。

「該怎麼寫呢？」

「妳自己想吧。」

之後，小熊與禮子兩人一起思索著蒙騙老師的權宜之計。禮子絞盡腦汁想出了「準備留學」這個既模糊又婉轉，事後要怎麼解釋都行的用詞。只見她心情愉快地加點了一碗白飯。小熊也跟著點了一碗，接著她們開始吃起雞內臟來。感覺要比先前還美味了。

吃飽喝足的歸途中，小熊費了好一番工夫，抑制得意忘形的禮子騎車沿路狂飆。

16 初夏

禮子提交的升學就業調查表，總算被老師所受理了。

雖然老師感覺也不相信上頭的內容是她的真心話，不過總之起了拖延時間的效果。老師在指導時表示，要禮子在暑假回老家時好好和父母親商量一下。

第一學期的期中考也結束了。無論是禮子或小熊，甚至是椎——儘管她比起自己的考試，更擔心初次參加高中段考的妹妹慧海——全都拿到了和至今相去不遠的成績。

關於椎的出路，她最初所繳交的調查表，一下子就受到認可了。

剛入學的時候，椎想到義大利留學，以實現成為咖啡師的夢想。假如因為學力等問題而無法達成，那麼在當地的義式咖啡廳洗盤子也行。原先如此希望的她，也在高中生活裡學會了如何規劃更為實際且具體的未來方向。升高三的時候，她決定要報考東京的教會大學了。

即使和小熊預計接受校推的公立大學同樣都在東京都內，椎的志願卻位於千代田區紀尾井町，和小熊那所座落於八王子的學校有不小的地理位置差距。而椎的那所學校，同時也是她母親的母校。

當初對於就讀都會市中心的大學，以及隨之而來的東京獨居生活感到畏懼的椎，一知道該校有義大利語文學系，還有研究歐洲咖啡廳文化的研討會後，便下定決心要透過一般管道報考了。

不論是小熊、禮子或是椎，都為了構築自己的未來而開始蛻變。目前為止都還是高中生的她們，在沒有意識或體會到改變的狀況下，逐漸變成截然不同的自我。

有如要追過緩緩轉變的小熊等人似的，季節也有所變動了。

才以為冬天過去後變得暖和了，日照卻愈來愈強，讓身穿兼具防寒用途的夾克騎車的小熊汗流浹背。通學時，她會把西裝外套收在後箱，直接在襯衫上頭穿著夾克了。

冬季的必需品——擋風鏡和把手套也都拆了下來，使車子輕盈了許多。相反的，長時間將機車放置在陽光照射的地方下，會令鐵板鑄造的車體和黑色座墊堆積熱氣。

春天漸漸邁向尾聲了。

這個被稱為初夏的季節，騎車外出會無比舒適。小熊、禮子及椎三個人，結伴騎著三輛Cub去了各式各樣的地方。

儘管受到時間跟預算制約，沒有辦法像春假時的九州兜風行那樣跑大老遠，不過她們騎到了山梨縣內和鄰近縣市的許多觀光勝地去，享受了野餐和騎車旅行的樂趣。

一旦初夏結束後，限制機車行動的梅雨季節便會到來，而梅雨季過後的夏天將悶熱不已。三人捨不得放過這段短暫的空檔，騎著Cub行遍四方。

禮子好幾次載著椎的妹妹慧海上路兜風，但感覺她興趣缺缺的樣子。目前她似乎正忙著在自家附近爬山。

小熊等人聊著下次該上哪兒去，以及還能像這樣子騎車出遊多少次。她們很清楚，彼此馬上就要過著各奔東西的生活了。然而假如有事，她們擁有能夠隨時到對方那邊去的Cub。

真的是這樣嗎？小熊心底暗想著。她們三人不僅是距離分開，環境和人際關係也會逐漸轉變。接受出路指導的時候，小熊有從老師那邊收到一份關於公立大學獎學金入學的資料。小熊回憶起其中一張文件。

那是與學校及車站鄰接的學生宿舍，入學後她便會住在那裡。

這棟全新的公寓大廈不但有自動門鎖及ＩＨ廚房，還設置了網路及洗衣乾衣機。住宿費則會從獎學金裡頭支付。

感覺這樣的豪華宿舍，能讓小熊稍稍體驗一下麻雀變鳳凰的滋味。而入住規則中，有一條項目映入了小熊的眼裡。

禁止騎機車。

只要擁有Cub，她們三人的關係就不會漸行漸遠。那假使失去它的話，又會變得如何呢？

⑰ 朦朧的月色

小熊是第二次騎著Cub到南大澤來。

由於土地本身傾斜之故，使得道路有著高低落差。上回小熊因此稍微迷了路，不過只要確實查好路線再慎重地上路，要抵達目的地便不成問題。

如果順利升上大學並在這座城市居住的話，那麼就算是東京正中央也能輕鬆地騎車前往。小熊帶著這樣的想法將車子停在站前購物商場的停車場裡，而後望著車站入口的方向。

民營鐵路直達新宿的電車，正在地勢比剪票口低了一階的地方行駛著。小熊尋思：搭那個要花多少錢才能到東京都心呢？想必要比Cub的油錢還貴吧。這個較為昂貴的交通方式，是給沒有私家車輛的人搭乘的。

小熊看向付費停車空間，裡頭停放著她騎來這兒的機車。支付高額費用搭電車前去的那幫人，無須付錢給停車場。

一旦開始在意金錢方面的事情，自己就會變得愈來愈卑微。心中這麼想的小熊走下Cub，並將停車場附設的鋼絲鎖繫在車上。

小熊並非基於什麼深奧的理由，才會在上完課放學後來到南大澤車站。

倘若明年要就讀位於這座車站的大學並在此處生活，那麼最好趁早了解一下環境。而且，靠近山梨的東京八王子，也正好適合拿來進行一場短程兜風當作午後散步。如果是比較早放學的日子，來這兒晃一陣子再直接回去，剛好就會是吃晚飯的時間了。

今年初夏要比往年炎熱。小熊思索著：在這道白天騎車便會冒汗的陽光底下，騎到比山梨還熱的東京去，是否有意義呢？

一到冬天就立刻喊冷的禮子，今兒個嚷嚷著很熱，騎車到稍微涼爽一點的上高地去了。或許應該要跟她去才對。

為了不令自己覺得吃虧，好像白白浪費了時間和汽油，乾脆來多了解一下前些日子只有大略看過的南大澤街道好了——內心如是想的小熊邁步而出。

上次來到這裡時，小熊僅有稍稍瀏覽過站前而已。而當她將步行範圍擴大到車站四周的時候，她明白了一件事。那就是，這座城鎮和她先前所知的大站周遭有所不同。

站前的規模大致是韮崎以上甲府未滿，但這個名叫南大澤的地區，所有一切事物都是新的。

車站四周的街道匯集了購物中心、暢貨中心、公寓大廈及小熊預計就讀的大學，可是卻看不到這等大站會有的特產——也就是彷彿要與大規模新創店鋪對抗的古樸商店街和住宅。

簡直像是這些建築物蓋好前原本空無一物的風景。小熊想起從前在新聞看過的杜拜街景。

那裡的市區大樓櫛比鱗次，甚至凌駕於歐洲都市。然而一旦走出開發區，就是空蕩蕩的沙漠。遠遠望去，聳立在沙漠之海的鋼筋水泥島嶼看似並未向下紮根，就像是浮在上頭似的。

爬上從車站前延伸而出的坡道，小熊轉身望向背後心想：這座城市有如海市蜃樓一般，自己有辦法成為當中的居民嗎？

離開車站後，儘管道路鋪裝極新，眼見卻淨是一些低樓層的小規模建築。像是辦公室、木造公寓、預售屋和公園等，景色要比車站前面多了點人味。

光是確認到此事，小熊就已經快敗給暑氣了，因此她沒有爬完整條坡道，就這麼折返到站前去。

隔著正門觀察大學外部裝潢的小熊，走向與校園及車站比鄰而居的公寓大廈。那是這所學校的女學生所住的女生宿舍。

小熊從外頭眺望著上次未曾看到的宿舍。雖說是大學宿舍，它和車站周遭那幾棟分租塔式住宅大樓相比，卻也毫不遜色。

出入口採用自動門鎖，櫃檯也常駐著身穿保全公司制服的管理員。由陽台那一側看向建築物，便會發現每間房似乎都很寬闊。之所以看起來沒什麼人在曬衣服，小熊認為多半是因為各個房間裡都備有洗衣乾衣機的關係。

儘管一直抬頭仰望著高處，可是一想到自己再過不到一年就要成為這裡的住戶，小熊便完全感覺不到脖子痠痛。小熊遠望著平日午後的和平宿舍，將目光轉向建築物的地面部分。

遼闊的綠地之中，有座訪客用的停車場。沿著馬路設置的停車場，則停放了幾輛自行車。此時小熊心生疑問。

這兒的住戶要把機車停在哪裡呢？而她們又要在何處保養機車呢？

內心如是想的小熊，回想起前幾天老師給她看的大學介紹文件之中所寫的事情——住宿生禁止騎機車。

連輕機也不能騎乘的生活，應該相當不方便吧——如此認為的小熊，回首望向緊鄰宿舍的車站。

和公寓宿舍及大學幾乎直接連結在一起的車站，有好幾棟購物商場大樓比肩而立。

不光是時尚的服飾品牌商店及咖啡廳，甚至還有大眾超市、家庭餐廳跟大賣場。在步行可及的範圍內，便能滿足日常生活所需。

大致上的東西應該都能在這條街上買到。真的難以尋獲的物品，也有以分鐘為單位運行的電車可以搭去買。

「原來這裡不需要機車呀。」

不許騎乘Cub的大學宿舍，就位在無須騎車的城鎮裡。

小熊覺得要看的東西都看完了，於是回到停放Cub的購物中心去。傍晚夕陽西沉為止的那段時刻，騎車上路會造成負擔。因此小熊先是透過購物打發時間，才騎著Cub踏上歸途。

和白天不同，日落後的涼風吹得她很舒服。小熊才想說太陽下山後月亮跑出來了，可是露面的新月卻躲進雲層去了。雖然白天天氣晴朗，不過可能快下雨了吧。

短暫的初夏即將邁入尾聲，緊接著便是梅雨季節的到來。

18 麵條

五月的連假，小熊沒有特別做了什麼的實際感受，就這麼讓它從身旁溜過了。

她並未閉門不出，放假前也訂定了不少計畫，可是去年冬天打工時接洽的醫療檢驗公司，卻以機車快遞突然人手不夠為由拜託她支援。比上次還優渥的時薪吸引了小熊，使她在這段假期之中一直騎車工作。

小熊原以為會比冬天輕鬆才承接這份差事，不過在初夏的熱氣中騎乘Cub意外地辛苦。這讓她體會到適合騎車的舒適季節，其實出乎意料地短暫。

禮子在連假第一天便冷不防地染上了不合時宜的流行性感冒，整個假期都在病榻上度過。椎則是正式著手進行將自家烘焙坊的內用區域依自身喜好改裝的計畫，讓妹妹慧海協助她一塊兒做木工。

連假過後。到校上課的小熊，心中摻雜了「又要開始天天上學」的憂鬱，以及「不變的日常生活又回到正軌」的安心感。

關於升學的事情，小熊已經表明想透過校推，報名老師建議的那所公立大學了。根據老師的說法，按照小熊目前的成績及出席率，最重要的是盡可能運用她無父無母這個事實所帶來的效果，應該毫無疑問地能夠通過推薦所需的審查。

一旦順利獲得推薦，學費就會由海外教育基金所提供的無償給付獎學金來支付，而非像高中時期這種需要背負高額債務的助學貸款。

至於小熊親自前往八王子南大澤察看那所大學時，對學生宿舍而非學校所抱持的突兀感，她決定現在先暫時不要去想它。

假如一切都順順利利地進行下去，這條出路從明年起應該就能讓小熊過著還不錯的生活。她很怕引起風波造成變故。

到了午餐時間，小熊與禮子一如既往地跑到停車場，坐在自己的車上打開便當來。同班同學椎以及她就讀一年級的妹妹慧海，也在不久前開始加入了。

小熊跟平常一樣，吃著鋁製飯盒所煮的白飯。只是近來老是吃罐頭和白米飯讓她有點膩了，所以今天是做山菜煲飯加上水煮蛋。

大病初癒的禮子，彷彿像是要把臥病在家時沒吃到的量統統吃回來似的，大口咬著三明治。那條長棍麵包裡，塞了滿滿的厚實烤牛肉還有西洋菜。

椎則是利用這幾天開始販售的夏季蔬菜和番茄醬做了義大利麵。天天吃著不同食物的慧海，今天的午餐要比平時還正常一點。那是在單手鍋裡冒著蒸騰熱氣的小雞拉麵。熱水似乎是在教職員辦公室裡裝來的。

禮子出言調侃她的午餐活像個單身漢一樣。對此，慧海毫不害臊地答道：

「它受到諸多冒險家、登山家或是受災戶所支持，是非常合理的糧食。」

話是這麼說，慧海仍是看了看自己的鋁製單手鍋，再帶著有點羨慕的眼神，望向小熊那個兼作飯鍋和便當盒用的煮飯神器。

不僅是慧海，據說許多愛好戶外活動的人在學生時期初次參加露營時，都會帶著從家裡廚房拿出來的鍋碗瓢盆，或是平時就寢所蓋的毛毯，而非專門的戶外用具。之後才會配合自身經驗和經濟狀況，選購符合目的之裝備。

在這樣的人之中，有不少人會了解到日本的環境果然還是不適合那種配備，而換回一般的家用鍋具。慧海有一天也會明白到這件事嗎？

搞不好，她會比滿足於工具的帥氣，而對實際使用時的不便之處視若無睹的禮子還早察覺也說不定。

打開鍋蓋並拿起筷子準備吃麵的慧海，撈了一下熱氣裊裊的麵條後便停下了手。她像是有生以來初次食用似的，眺望著那碗雞湯風味的蜷縮麵條。

小熊原以為是慧海怕燙的關係，可是回想起和她吃過幾次飯的經驗，完全沒有類似的徵兆。感覺她是在畏懼麵體本身，而非高溫或味道。

姊姊椎似乎知道慧海的動作為何會戛然而止。只見椎對著比自己高出三十幾公分的高挑妹妹伸出手，拍了拍她的肩膀。

「慧海，起碼拉麵這種東西妳也要敢吃才行呀。」

吃著山菜煲飯的小熊差點噎到。儘管在妹妹面前擺出一副了不起的模樣，但喜歡義大利麵的椎卻不太會吃拉麵或蕎麥麵這種需要吸食的麵條。一直到她開始和小熊跟禮子共同行動之後，才總算有辦法吃得像一般人一樣。

認為沒必要硬逼著她吃的小熊，打算出言相助。她原本想說拿自己的山菜煲飯來交換也無妨，不過速速吃完三明治的禮子卻喝著咖啡說：

「只要妳有辦法吃麵，那麼幾乎就可以在整個亞洲活下去了。」

慧海的眼神隨之一變。她對小熊和禮子的視線一如往常，不過卻以懷抱著夢想及憧憬的眼眸，看向先前猶豫著要不要吃的拉麵。她肯定是在小雞拉麵的熱氣之中，看到了越南河粉跟泰式拉麵吧。

慧海把小雞拉麵放入口中後，就這麼發出聲音吸食著。直到剛剛都還要慧海吃麵的椎，顯得有點不甘心。或許就如同其他許多事情一樣，她覺得自己又被一瞬間超越了。

由於椎忘了稱讚慧海兩句，只顧著像是吃拉麵般出聲吃著自己的番茄義大利麵，小熊便代替這個鬧彆扭的姊姊，撫摸慧海泛著橘色的馬尾。

吃過一次之後，慧海對麵條的排斥心態似乎就已拋到了九霄雲外，只見她專心致志地吃著眼前的小雞拉麵。

結束午餐時間和下午的課程，小熊、禮子與椎分別在停車場裡跨上自己的Cub。比三年級的她們還早一小時放學的慧海，似乎迅速地走回家了。對於一旦有空，便會在放學後或假日前去爬山或走遍林道的慧海而言，到家為止這段一公里多的上坡，根本連健身運動都算不上。

小熊所住的公寓，和椎及禮子她們家位在相反方向。她在校門前輕輕揮手向兩人道別後，便騎在縣道上往日野春站的方位前進。

灰色雲朵蔓延在小熊的行進方向上。她記得無論是早上到校或中午吃飯時，應該都是萬里無雲的晴天才對。

打算回程買個東西的小熊在牧原十字路口右轉，可是在甲州街道騎著騎著的時候，雨滴便打到了臉上。

大半天空都已被雲層覆蓋住了。認為接下來雨勢會變強的小熊決定中止購物行程迴轉而去，在被烏雲追著跑的情況下回到了自己家。

小熊好不容易在下大雨之前抵達公寓，制服也沒有被淋得多濕。然而，在房裡換衣服的她卻忿忿不平地望著打向窗戶的雨水。

號稱對機車騎士來說，和冬季嚴寒期並駕齊驅的季節——梅雨的考驗開始了。

19 窩巢不出

季節之中有些事物會逐漸轉變，有些則否。

才以為下了場舒適的雨緩和初夏的暑氣，結果潮濕的日子卻驟然揭幕了。簡直就像是被丟到了其他地方似的。

小熊購買Cub的時間點是在去年梅雨季結束，再加上秋天時沒怎麼下綿綿長雨，使她迄今並未深刻地體會到下雨的辛酸。更早之前——亦即小熊尚未騎乘Cub那陣子的梅雨又是何種狀況，她已經想不太起來了。記得沒錯，好像是穿著在大賣場以數百圓買下的輕薄雨衣騎腳踏車的樣子。當雨勢強勁時，小熊會記掛著學貸餘額搭乘巴士。而如今這段記憶已彷彿與她毫不相干似的。

雨天會給機車騎士帶來諸多限制。不但衣服會濕得無從和步行時比擬，輪胎還會打滑，以及視線會受阻。

縱使自己做好準備面對雨天，行駛在附近的車輛也不見得如此。有一次，小熊穿好了雨衣、給安全帽鏡片塗上防霧劑，並告訴自己路況和平常沒兩樣才上路。然而，有輛汽車疑似沒注意到小熊騎在一旁的身影，進行了一次危險的變換車道，害她嚇得心都涼了半截。

去年夏天小熊稍稍硬著頭皮買下來的高性能風雨衣雖有發揮充分效果，可是穿脫也因此頗費工夫。要把它穿在西裝外套和裙子這種高中制服上頭實在是各種難看，所以下雨天小熊會在雨衣裡頭穿著運動服，而制服則塞在Cub的後箱，等到了學校再去運動社團的更衣室或廁所換成制服。一想到放學也要做一樣的事，就令小熊很想乾脆穿著制服淋成落湯雞回家，不要穿什麼雨具了。

小熊心想：如果有更加輕巧且容易穿脫，並針對毛毛雨用的雨衣，是不是會比較方便呢？雨天還會壓迫到她的經濟狀況。

小熊尚未採取行動，下雨天通學這個麻煩不已的現況，便稍微有所改變了。

自從進入梅雨季之後，她們停車的地方從那個聊勝於無的鐵皮屋頂停車場，變成了校舍與泳池之間的社辦大樓其中一處。

面對下個不停的雨，抱怨得比小熊還凶的禮子，常常對天空口吐不能在英語圈人士面前說的髒話。這樣的她在和校方交涉過後，獲准使用空社辦來停車了。

一般來說，在還有學生其他利用機踏車上學的情況下，不可能只有小熊和禮子獲得特殊待遇。這個強人所難的要求會被接受的理由之一，便是地方政府所寄發的郵件。

傳達罪案發生的治安訊息裡頭，有在呼籲民眾須注意近來頻傳的汽機車竊盜案件。文章中指出，Hiace汽車和Super Cub機車是失竊數量尤其增加許多的車種。

不僅是小熊與禮子所住的北杜市，全國各地都會經常耳聞Super Cub是失竊數目居高不下的輕機。尤以東日本大地震之後的供油停滯期特別顯著。

因此禮子妥善保存了校方看也不看就刪掉的郵件，再從學校電腦的垃圾桶裡把它撈出來，主張停放在目前的停車場之中就跟招引小偷來沒兩樣。

禮子需要有人幫腔讓對方接受自己的論調，而教職員則是希望來人阻止她。同時受到雙方徵求意見的小熊說：

「假如我要偷Cub，會到學校停車場去。這裡出乎意料地容易讓外人入侵。只要裝作出於必要而移車的模樣，就能不受懷疑地把機車堆到卡車上了。」

那天校方只表示會再討論就沒下文了，但小熊所說的輕機竊盜事件好巧不巧就在他校發生。學校收到「應當努力防止竊案」的聯絡後，狀況就變得對小熊等人有利了。

結果，一間閒置的社辦就以第二機車停車場的名目，成了她們的基地。

分配給她們的社辦是間鏽跡斑斑的組合屋，鋪設著水泥地的空間連空調之類的機器都沒有。但總之用不著再把車子停在靠不住的屋頂底下風吹雨打，還能夠在這裡換衣服了。因此她們成功地節省了一些早晚的通學時間。

當小熊跟禮子獲得了這棟社辦時，椎也開始機靈地把自己的Cub停放於此了。

起初一旦下雨，椎便會放棄騎機車，和妹妹慧海相親相愛地撐著顏色不同的傘走路上課。然而，自從她購買義大利甲級聯賽的拉齊奧風衣之後，即使下雨天也會騎車了。和姊姊各自上學的妹妹慧海，則是以一副下雨根本不成負擔的模樣，透過跑步或競走的方式到校。

儘管小熊和禮子那棟社辦被其他參與社團活動的學生戲稱為「C社」，卻是個很有幫助的地方。它能拿來停放三輛Cub、通學時更衣，以及晾乾雨具。

午餐時間也一樣。至今她們都在那個不足以遮風避雨的停車場屋頂底下吃便當，如今待在社辦之中就不再受到風吹雨淋了。

禮子家的小木屋附近，有棟遭到拆除的別墅。她從那兒拿了摺疊桌和露營椅，放在原本只有機車的社辦裡。社辦內部的裝潢，就此變得像汽車雜誌中時常可見的「男人理想的藏身之處」一般，是個能邊看著自己的愛車邊喝茶的車庫。

椎表示想給煞風景的牆上吊個掛軸，或是擺台濃縮咖啡機以便隨時都可以喝咖啡，儼然想在這兒打造一間咖啡廳。雖然人家說女人很會築巢，不過成員之中擁有那份能力的人似乎只有椎一個。因此小熊僅吩咐了一句「別搞到被老師或其他社團的學生給盯上了」，便把之後的事情交給她處理。

放學後，如同往常在停車場那般，小熊來到停放Cub的社辦裡集合。她並不像平時那樣換穿雨衣準備騎車踏上歸途，而是坐在露營椅上。

性急的禮子受到小熊的影響，也找了椅子坐。椎拿出可以直接用火熬煮濃縮咖啡的摩卡壺，不曉得她是何時擺在社辦的。而慧海則是給不知為何放在通學背包裡的瓦斯爐點火。這個爐子是Optimus公司的產品，無論是汽油、燈油或酒精都能使用。

摩卡壺裡的咖啡散發著芬芳煙氣沸騰了。隨著咕嘟聲響起，社辦裡頭也跟著變得悶熱了起來，於是小熊打開玻璃窗，眺望著自己的Cub和下雨的天空。

原以為和此種情緒無緣的禮子，也交互望著灰色景致跟自己鮮紅的Hunter Cub。

她們就只是想這麼做罷了。

20 棉花

梅雨依舊下個不停。

小熊、禮子和椎獲得閒置的組合屋社辦充當臨時停車場後，在下雨天運用Cub這個生活道具時就變得便利許多，用不著暴露在風雨中停車或是穿脫雨衣及制服了。話雖如此，小熊卻覺得多了幾分封閉感。

買下Cub之前，遇上雨天或無須外出的日子，小熊即使一直待在只有收音機這項娛樂的房間裡也泰然自若。然而，如今只要時間、剩餘油量及天候允許，她就會想騎車往外跑。

目前的天色確實不理想。小熊人在放學後的空社辦裡，隔著窗戶瞪視下雨的天空。

不曉得這是好事抑或無意義的無謂之舉，自從進入梅雨季，小熊放學後和禮子及椎一塊兒待在空社辦的時間變多了。

剛開始只是暫時在裡頭打發時間，等待大風大雨緩和下來，久而久之卻變得和天氣無關了。她們會在空社辦中閒聊或保養車子，等到傍晚才各自踏上回家的道路。

不曉得是第幾個梅雨天空的午後。禮子正在拿著手機看滿是雨水符號的天氣預報網站。利用社辦大樓共用的供水設備洗好茶杯的椎，則是在把東西收進籐編野餐籃裡。

雖然學年不同，不過放學時間重疊時經常會到社辦來露面的慧海，據說正在參加一年級所舉辦的活動，因此並未出現。

她們三個原本就不是多麼健談的人。在這個多半由沉默所支配的室內，小熊開口詢問了一件心裡感到好奇的事。

「妳那個不要緊嗎？」

小熊所指的是椎的Little Cub。那輛車子後方，裝載著特製的行李箱——也就是外頭蓋了拉鍊托特包的塑膠資源回收箱。

即使椎來回的路上都穿著雨衣，後箱還是會被雨水淋到。那種叫帆布的厚實棉布，仍殘留著早上通學時被淋濕的濕氣。

「這東西出乎意料地很不怕雨喔。它一旦打濕，網眼就會堵住，不讓水流過去。」

椎驕傲地指著L.L.Bean的托特包，這個拿來當作機車後箱顯得很奢侈的包包說。小熊打開拉鍊一瞧，發現裡頭的塑膠箱子確實並沒有弄濕。不過，她所擔心的不僅是內容物而已。

「棉布天天受潮，可是會發霉或腐爛的。」

椎露出猛然驚覺的模樣看向自己的車子。她一臉擔心地撫摸自己的心頭愛——那個米白底色配上水藍色線條的拉鍊托特包。因為它的色調與椎喜歡的內褲顏色相同，在小熊眼中看來，椎就像是在摸著自個兒的內褲一樣。

眉頭深鎖的椎，掛著這張和她不怎麼搭調的神情望著內褲色托特包。這時，禮子出言安撫道：

「應該不要緊吧？」

小熊試圖反駁一如往常樂觀的禮子。她不願意看到Cub後方載著發霉的包包。而且腐壞導致強度不足的包包萬一從後貨架脫落並捲入後輪的話，會造成生命危險。

慌張失措的椎，臉上的表情彷彿像是雙親為了自己起衝突似的。禮子則絲毫不介意小熊的目光，逕自豎耳傾聽著外頭的雨聲。

在這陣一成不變的連續聲響之中，摻雜了一道小熊熟悉的聲音。那是她絕對不可能聽錯的Cub引擎聲。此時禮子開啟了社辦出入口那扇拉門。

從社辦裡可以看到，一名身穿雨衣的老人在校內騎著Cub。那輛老舊的Cub，上頭印著牛奶商行的店名。車子後方載有塑膠製的牛奶箱，後貨架左右及前方掛有布袋。

這一帶的牛奶外送業者都是以輕型貨車配送，早晨經常可見繪有乳品廠商標誌的配送車出沒。然而，每天早上來學校福利社送貨的牛奶商，要到校收款或提供新產品樣本的時候，不時會利用導入貨車前就用於外送的Cub前來。

那名年邁的牛奶商車上，掛著遭受風雨摧殘的堅固厚布袋。這樣的他，騎著Cub消失到教務處的方向去了。

「那也是帆布喔。」

禮子洋洋得意地說著，並補充道：

「小椎，與其惦記著車上的托特包，妳得小心別讓自己的內褲發霉了。」

椎變得滿臉通紅。

「才不會呢！」

禮子在椅子上仰起身體發笑，椎隔著裙子在意起自己的內褲，而小熊則是在想別的事情——她在進入梅雨季不久時的突發奇想。如果除了高性能兩件式雨衣之外，還有一件能夠在毛毛雨時輕鬆穿著的雨具就好了。

小熊的腦中浮現出數天前的影像，那是她趁著沒雨的時候跑到中央市大型二手商店的事。她在店裡找到了一件二手衣，卻猶豫著要不要買下來。

小熊站了起來，拿起自己的雨衣。

「我想到有事情要辦，我要回去了。」

似乎察覺了什麼的禮子，打開Hunter Cub的後箱說：

「我也要去。」

椎也忸忸怩怩地說道：

「我也可以跟著一起去嗎？」

接著開口補充道的椎，看似仍然很介意方才小熊——或說是禮子對她講的話。

「這樣下去會發霉的。」

不論誰要跟來都無妨，小熊就是有個該去的地方。她們三人穿上雨衣，騎乘三輛Cub在雨中前進。

抵達中央市二手商店的小熊，買下那件有如奇蹟般還留在賣場的二手衣——一件棉質大衣。

這件美軍所採用的衣物叫作「戰壕大衣」。它的長度及膝，介於長版與短版之間。

而腰部則有皮帶收緊。

小熊試穿之後發現它不但尺寸合適，價格還比時尚品牌推出的大衣便宜。顏色也非軍用大衣常見的橄欖綠，而是深藍色。假如穿上綠色軍裝，會令小熊覺得自己成了軍事迷同好——禮子的跟班，不過深藍她就能夠容許了。

禮子照慣例賣弄著大衣的相關知識。比方像是這件衣服正如其名，是製造出來用在戰壕裡禦寒的軍服，以及它同時是機車駕駛兵愛用的優秀雨具。對小熊來說這些事一點都不重要，不過既然有人掛保證說它的功能優異，那倒也不壞。

回程小熊碰上一場理想的小雨，於是立刻便穿了起來看看。由於只要套上並繫緊腰帶就好，穿脫完全不花時間。而且它和羊毛大衣不同，感覺是可以用洗衣機清洗的棉質衣料，因此能夠毫無顧忌地當成雨具使用。

穿著戰壕大衣的小熊試著在回去的路上騎車疾駛，結果衣服不會被騎乘時的風吹得亂七八糟，感覺很不錯。若是短距離行駛，或許它的疲勞程度反倒比兩件式雨衣還低。

小熊在甲州街道的牧原十字路口與禮子及椎道別後，騎到自己家去。她把Cub停在公寓停車場，再前往自個兒的房間。

在房裡燈光的照耀下，小熊看著今天買下的戰壕大衣。毛毛細雨讓整件衣服帶著一顆顆的圓點。

「這場雨真不賴。」

明天也會下一場符合這件大衣用途的雨嗎？假使當真如此，搞不好下次她又會開始想念起豪雨了。因為那需要用上可靠的高性能雨衣。

雨水與機車的妙趣，是撐傘走路所無法體會的。小熊感受著這份趣味的存在，同時把大衣掛到牆上。

21 夏天的開始

就在小熊確認著新買的戰壕大衣其性能和效果時，梅雨季結束了。

雖然她最後只穿了寥寥數次，不過曉得它出乎意料地能夠抵擋大雨，姑且也就不覺得自己吃虧了。

禮子見到小熊身穿被雨淋濕的戰壕大衣到校，亢奮地表示「好像西部戰線的傳令兵耶！」這讓小熊有點煩。而當禮子發現脫下安全帽的人是熟悉的小熊，並非麥昆或蘇德蘭這樣的好男兒時，露出了失望的模樣。見狀，小熊很想把禮子踹到一個梅雨永不止歇的世界去。

椎車子後座那個梅雨期間成天泡在雨水裡而沒什麼機會清洗的托特包，似乎總算洗好並曬乾了。只見椎露出一臉換上新內褲的爽快模樣。

梅雨季之中依然熱衷於翻山越嶺的慧海，望著梅雨過後的天空喃喃說道：

「今年我想做的事情，又有一半沒達成了。」

機車騎士會殷殷期盼雨季早點遠離，也有人會為了這個一年只能體驗一度的短暫期間結束而惋惜。

小熊感到無法理解。也許不再騎車之後就能夠明白，但是目前的她根本無法想像會這麼做。只是，望見這個將人生耗費在冒險的少女，小熊開始覺得自己平時眼中那些渾渾噩噩的人顯得很可悲了。

迎接盛夏後，小熊這些高中生周遭的環境便有所轉變了。

梅雨時節，她們會拿閒置的組合屋社辦來停車並聚首。然而，當四人知道那邊夏天會熱得難以忍受時，就把停放Cub並度過午餐時光的地方，改回原本的停車場了。雖然那邊在屋外，不過由於背陰的關係，白天會很涼爽。

考完第一學期的期末考並迎來考後休假的三名高三生及一名高一生，為了各自的目的開始行動。她們並沒有規劃在假期之中要湊在一塊兒做些什麼事。

去年這個時候，小熊在和禮子討論夏天的計畫，可是今年有許多事情非做不可。

禮子得回到東京老家和父母商量——應該說解釋自身的未來出路。目標放在一般報考大學的椎，夏天期間要隔絕娛樂，窩在家裡讀書準備考試。而慧海表示自己要努力打工，以期把身上的合成皮靴和釣具行的冒牌求生背心換成真貨。

小熊也即將面對具體討論、決定指定校推薦升學及獎學金給付的時期了。

這筆獎學金，是由北美企業家所設立的基金提供。小熊在考後休假期間也一直往學校跑，進行著必要的手續。她這高中三年的學費是所謂的助學貸款，結果讓現在的小熊在畢業之前累積了許多債務。

雖然小熊也曾經想過「如果高中也是無償給付型的獎學金就好了」，但老師表示沒有辦法。這種獎學金不但競爭率很高，還得經過數次審查及相對的事前準備。光是母親失蹤這樣的突發狀況，完全沒有可能申請到。只不過，這筆欠款成了小熊獲得大學無償獎學金的最大因素。

歷經考後休假期間的面試及論文審查，小熊順利地確定得到獎學金給付。解決金錢方面的問題之後，終於要開始辦升學相關手續了。

迄今成績穩穩地保持在中上水準，出席率也幾乎全勤的小熊，辦起校推的手續也同樣順遂。聽說高中生活裡有致力於社團活動也會是個推薦要素的她，腦中率先想到的是那棟停放Cub的閒置組合屋社辦。不過，再怎麼說C社也不可能受到認可，因此小熊跑去懇求幾個月前幫她自製禦寒衣物的手工藝社老師，讓她當個有名無實的社員。

小熊的經歷無可挑剔，看似平平淡淡地沒有闖下什麼禍。老師望著文件最底下僅寫著「無」的獎懲欄，說：

「妳切記不要做些會被警察抓走的事，不然推薦就告吹了。」

當小熊認為那種事情和自己無緣的時候，腦海裡浮現出了Super Cub。騎車行駛在幹道時，即使是跟上車流的合理速度，一旦運氣不好就會被閃著紅燈的汽機車攔停。哪怕速度只是稍微超過一點點，也會收到代表行政處分的藍色罰單，或是刑事處罰附帶法院傳喚的紅色罰單。

小熊處理完今天所能辦的手續後，離開校舍前往停車場。

她的Cub在考後休假期間沒有其他人停駐的機車停車場之中，一如往常地等候她。

小熊插進鑰匙並踩下腳發啟動桿來發動引擎，再戴上安全帽及手套。接著她在跨上車子前，先以指尖碰觸著座墊。

不僅是超速，還有闖紅燈及交通意外——儘管小熊的車和禮子的Cub不同，並未施加任何改裝，但萬一發生了燈泡故障之類的問題，疏於保養的罰單便會找上門來。這種情形可不能說與她無緣。

相較於引擎冰冷的冬天，Cub發出了輕快的引擎聲，感覺狀況似乎不錯。自從去年牽車以來，Cub總是給她帶來生活的便利與樂趣。母親失蹤後，小熊一直盼望找回正常的生活，現在好不容易才要掌握在手中了。這道引擎聲聽在目前的她耳中，就像是令那段日子破滅的旋律一般。

踏上歸途的小熊，駕駛得要比平時慎重許多。騎乘腳踏車的時期，無論行駛得多麼亂七八糟，事實上也不會被抓。回到日野春站前的公寓這段跑過無數次的路，令她覺得比那段時期還要遙遠。

22 兩人的富士山

先前到這兒來的時候，她好像也在眺望著眼下這片風景。

記得當時是追著教育旅行巴士來到鎌倉的半途中。在她來到即將抵達神奈川縣的御殿場時，就已經追過了因休息等理由而繞路過好幾次的巴士，才會帶著消磨時光和調整時間的想法過來。擠盡Cub全力爬完須走漫長險坡的小熊，帶著小小的成就感享受著這片山坡的風光。

如今則有點不一樣了。小熊之所以會站在五合目遼闊的停車場邊緣俯視下方，是因為她不太想看到身後的東西。

小熊的背後，聳立著一堵三千七百七十六公尺的高牆。

她接下來要騎著Cub爬到富士山頂。

當考後休假及徒具形式的上學日過完之際，禮子撥了通電話給小熊的手機。

「妳現在有空嗎？」

問歸問，卻不給人家機會回答「我很忙」而掛掉這點依舊不變。禮子單方面喋喋不休地述說著夏天的計畫。

「妳要不要騎Cub爬富士山？」

小熊毫不猶豫地掛斷了電話。

她知道禮子去年耗費一整個夏天，挑戰騎完富士山推土機登山道的事情。也曉得禮子今年把當時的郵政Cub換成Hunter Cub後企圖再次挑戰，以洗刷未能登頂的恥辱。

去年夏天禮子提及此事時，小熊聽到她因為Cub馬力不足和高山症而力竭不支的經過後，虛張聲勢地表示自己的Cub就爬得上去。即使如此，她也不能乖乖聽從禮子今年夏天的爬山邀約。

小熊夏天的雜事，在大致辦妥升學所需的獎學金給付手續，並能夠順利接受校推之後總算告一段落了。但她還有很多事要處理，沒有閒工夫沉溺在玩樂之中。

過了幾秒鐘，禮子重新撥了通電話給小熊一度掛斷的手機。這次禮子所提及的內容稍稍引起了小熊的興趣。也許就是這點失算，導致小熊還是把話聽完了。

小熊被禮子在說明的最後所補充的一句話給釣中，於是順勢答應了。

「這會是一份不錯的打工喔。」

幾天後，小熊與禮子在甲府某間飯店一樓的茶餐廳裡，和某個人碰面。見到在盛夏時節做長袖機車夾克及牛仔褲打扮的女性，小熊便知道對方是個沒有實際上路騎車的人了。

用不著去看她那完好無缺的皮革短靴，以及看似從未受到風吹雨打的夾克，握手時從那隻纖柔的掌心就可以了解到，那雙手並沒有天天騎車、保養，還有使勁立起腳架或拉抬車子的跡象。

她所遞出來的名片，顯示這名女子是東京一家出版社所發行的機車雜誌編輯。

根據這名編輯所述，她是透過取材地點的機車行，得知去年禮子挑戰富士山登頂一事。對此產生興趣的她，才會利用管道跟禮子聯繫。她表示雜誌社會進行全面性支援，希望禮子務必成功登頂。

雖然今年也想去爬富士山，可是卻暫緩了事前準備及籌措資金這些麻煩事的禮子，一副正合我意的模樣答應了下來。

後來她們透過郵件討論了許多次，最後以「報導只有禮子一個人會少了點看頭」為由，拜託禮子挑選一位能夠和她一塊兒登山的女性騎士。於是，禮子毫不猶豫地聯絡了小熊。

兩人至今的來往，也令禮子十分清楚該怎麼讓想必會拒絕的小熊點頭。不知客氣為何物的禮子在撥電話給小熊的手機之前，就向那位女性編輯確認無誤了。

一旦配合完成這篇報導，她們將會收到一份對高中生而言相當優渥的酬勞。

事情最後正如禮子所料，小熊在炎炎夏季來到了富士山，準備騎車爬上去。

無須使用自己的車輛，還有取材車會到家裡來迎接，甚至有提供便當——雖然這些條件感覺不賴，但小熊覺得「難道服裝不能再調整一下嗎」。

編輯部所準備的衣服，是和禮子成對的花俏越野夾克和機車褲。就連靴子和安全帽上頭，也印著紅藍白三種搶眼的顏色。

要被迫在不時可見登山家或觀光客身影的五合目做這種打扮，丟人現眼也該有個限度——雖然小熊心中這麼覺得，可是當取材車打開後門，放下那件運送得小心翼翼勝過載人的貨物時，她便把注意力轉移過去了。

本田Cross Cub。

這輛全地形車儘管和小熊騎乘的Super Cub擁有相同的基本構造，不過卻配置了一一○cc的電子控制引擎，以及越野用的裝備。

在攝影工作人員開口呼喚前，小熊與禮子便走向兩輛Cross Cub了。

接下來，她們兩個將要挑戰，據說只有高性能越野機車才能爬上去的富士山推土機登山道。

這兩輛幾乎全新的Cross Cub是由本田提供，而小熊等人並不是第一次騎了。她們倆在幾天前就各自收到了紅色和黃色的車，並一塊兒騎著它跑遍南阿爾卑斯及八岳的林道，直至今天。

全新出借的機車，已經由進行這次企畫的機車雜誌編輯部成員，完成數百公里的初期訓車了。然而，在目前為止的多次討論之中，小熊主張絕對有必要讓預計攀爬富士山的她們自個兒試騎過才行。

負責這個企畫，並擔任交涉窗口和小熊等人聯繫的女性編輯，要她們小心別把車子弄壞了。

小熊在這個拿來商討過無數次的地方，也就是甲府的飯店停車場之中，指著自己騎過一年卻沒什麼明顯傷痕的Cub說：

「至今我從來沒有把車子騎壞過。」

對方有把Cross Cub的使用說明書交給她們當成參考資料。只看了一眼封面就把東西丟到一旁的禮子，對著感覺缺乏實際上路經驗的編輯說：

「沒有笨蛋會在訓車的時候就把車子搞壞啦。」

禮子買下現在這輛Hunter Cub不久時，曾經親自嘗試過把車體撞向護欄的轉彎技巧，可是卻因為腳踏桿卡到支柱的關係，讓尚在訓車的Cub摔到側溝去了——小熊對此守口如瓶。

當事人堅稱那也是技巧之一，只是車體的三維位置稍微有些偏差罷了。

機車騎士之所以會被人家罵蠢蛋，鐵定是因為這種人太招搖了。小熊望向眼前的女性編輯。不曉得她是否覺得上次的機車夾克不適合，今天改穿了休閒套裝。也想像她一樣擁有高學歷及高收入的小熊，看著自己身上那件袖子磨損的機車夾克。出門時老是穿著這件衣服的自己，大概還是屬於蠢蛋那一方的吧。

禮子用掌心拍打以沖壓鐵板焊接而成的Hunter Cub車體，再以腳尖踹著Cross Cub塑膠製的車身說：

「去年推土機登山道讓我的郵政Cub全毀了，所以Cross Cub也會變成那樣。」

廠商開了各種條件，才外借這輛比普通的第二種輕機更加昂貴的Cross Cub。對此抱頭苦惱的女性編輯，重新審視起平板電腦中的車輛保險文件檔案。

小熊打算幫助大傷腦筋的女性，開口說道：

「我有個辦法能夠安然無恙地物歸原主。就是到現場去拍下我們假裝攀登的照片，再以天候等因素為由，宣稱無法實際攻頂就好。」

女性編輯搖搖頭說：

「沒有人會對未能達成的挑戰感興趣。這點會直接影響到報導的評價。」

當小熊聽到這份工作的邀約時，還以為是件好差事，但搞不好只是誤會一場罷了。她開始覺得，編輯是不是要拿著少許金錢叫她們到那座山上去送死，來幫雜誌博取人氣了。

一想到有經驗的同行者——禮子是個會喜孜孜地挑戰這種事情的人，小熊就感覺她的存在非但幫不上忙，甚至還可能要了自己的命。儘管如此，小熊目前還是讓「賺取必要金錢的目的」以及「小心避免破財」為優先了。

結果，小熊讓編輯接受了企畫攝影中的車身破損她們概不負責的條件。對此，女性編輯反覆叮嚀，要她們盡可能手下留情。

結束繁瑣的事前準備後，攝影日總算來臨了。搭乘編輯部的廂型車來到富士山須走五合目，並換上和車子一樣由廠商出借的機車服之後，小熊跟禮子跨上接著就要爬上富士山的Cross Cub。

攝影人員前來對她們做了諸多細碎的要求，從站立位置到騎乘方式都有。兩人騎車登山的照片不光是會刊載在雜誌報導上，還會用於雜誌社所播送的影視節目之中。

雖然感到拘謹，小熊卻也認清這就是工作而擺出對方要求的姿勢，同時以電發鈕啟動黃色Cross Cub的引擎。打從在自家附近試乘的時候，小熊就覺得這輛車不但擁有一一〇cc的馬力，還能電發啟動實在很方便。

禮子則是騎乘紅色的Cross Cub。不光是攻頂，她倆平時騎車的模樣也會登在雜誌上。禮子所騎的車，顏色配合了她那輛鮮紅的Hunter Cub，但廠商沒能準備一輛和小熊的Super Cub同樣是綠色的車子。雖然廠商的理由是並未設定綠色為標準顏色，不過小熊認為自己八成是禮子的附屬品吧。

當禮子試圖透過腳發啟動車子的時候，工作人員指示她使用電發鈕。可是登頂前情緒亢奮的她拒絕了。

「我才不會去用電發鈕。」

只要四肢健全，禮子都會透過腳發或推發來啟動Cub。雖然她表示電發會造成行駛所需的電力流失，不過就小熊所知，只要引擎有在轉動，就會發電並供給足夠的電力。只是，禮子那輛老是有地方損壞的Cub，車上的發電裝置等電系零件則不在此限。不曉得是否Hunter Cub的零件調度要比一般的Cub花時間，只見禮子經常壞了也照騎。

「禮子。」

被小熊責備的禮子，感覺心不甘情不願地電發Cross Cub，而後前往推土機登山道的入口。基於登山道的使用許可和工作人員的工時等理由，攝影進行得很匆忙。

攝影人員坐進在登山道運送物資的履帶車貨斗之中。駕駛是禮子去年打工時那位山中小屋的老闆。

小熊與禮子方才都有和工作人員客套地打過招呼，而當這次協助攝影的小屋老闆露面時，禮子的問候要來得比其他人鄭重許多。

小熊穿著借來的越野靴，用力踩踏和徒步登山道不同，撲滿了暗褐色石子的地面。吸了山中寒氣的嘴裡，逐漸變得乾燥。去年這時候在這條路上打工，天天幫忙運送物資的禮子則顯得熟門熟路，一副想盡快騎出去的樣子。

先走一步的履帶車完成攝影準備之後，小熊與禮子安全帽內附的揚聲器，就傳出了那位女性編輯的聲音。

「請妳們慢慢騎到那根旗桿的位置。」

禮子對小熊打了個手勢，便騎著Cross Cub上路了。小熊也踩入一檔，轉動節流閥把手。

24 PGM-FI

事前聽禮子說過的推土機登山道，是個比想像中還艱辛幾許的難關。

遠眺看似是鋪著砂石的平坦路面，但每顆石頭的大小都和大賣場等處所販售的碎石子不同。

就像是在柏油街道上騎車，然後反覆從車道硬是跨過高低差騎上人行道的感覺。

照這樣來看，確實只有履帶車才有辦法行駛。如果是大馬力的大型四輪傳動車，倒也不是不能靠引擎的出力去跑，只是與馬力相對的車重會不斷給車體造成負擔。

倘若相信凡事都會加油添醋的禮子所言，那麼車體的點焊將會以懸吊安裝處為中心接連脫落，到了下山時車子也廢了。假如沒有將ＳＵＶ用過即棄的意思，就無法利用它來攀爬富士山。

這對小熊來說也不重要。因為她光是要讓目前這輛黃色的Cross Cub筆直行駛，就已經竭盡全力了。

包含鐵管燈罩和大型貨架等，Cross Cub配有各種粗獷的裝備，不過實際跨上去一騎才發現它很輕盈。和小熊那輛Super Cub最大的不同就是一一〇cc的電子控制引擎，不會讓騎士感覺到低轉速不穩這個化油車的特徵。

要徹底運用化油版Super Cub的引擎馬力，必須透過適當打檔及操作節流閥把手，使引擎轉動到最能夠發揮性能的轉速並加以維持，不過電子控制的引擎在應該降至二檔的地方以三檔硬衝也多半沒有問題。從低速、低轉速開始加速的情形亦然。化油車得以掌心微調把手以避免油氣過濃導致火星塞燃燒不完全的狀況，電子引擎只要催動把手，便會發揮出和節流閥開閉程度所相對的馬力。

Driveability——也就是操控性，近年來即使是競技用的賽車，它也和馬力及過彎性能同樣受到重視。小熊認為，這便是一輛操控性優異的Cub。

她心想，當要騎Cub跑長途或工作的時候，這個源自於高容錯率的操控性，一定會成為強而有力的夥伴。

話雖如此，若要問到小熊是否願意為了這個性能付出數十萬圓，她目前並沒有這個計畫，經濟層面也沒有那樣的餘力。

而一一〇cc的引擎所帶來的馬力提升，則不如小熊的期待。她不認為這輛車的馬力，高過自己目前那輛五十二cc的Cub兩倍以上，頂多只能體感到心靈馬力加成。

紅色Cross Cub的車身在凹凸不平的路面搖晃著，同時跑在小熊前方。

禮子緩緩帶頭騎在小熊前面。想必她並不是在顧慮後方，而是注意著並排行駛的履帶車上頭的攝影機吧。

追過和機車有速差的履帶車，盡量讓自己多上一點鏡頭的禮子，感覺心情極佳。直到實際騎乘前她都還很嫌棄採用新型車體的Cross Cub，不過一旦騎上路就覺得很有意思的樣子。

當小熊認為，只要就這麼順利進行下去就會是一份不錯的打工時，她們抵達了攝影人員指示作為停止地點的旗桿處。

小熊與禮子並排停駐兩輛Cross Cub，等待晚一步前來的履帶車。到達定點的工作人員把攝影機對著頭戴安全帽的她們，並詢問兩人的感想。

禮子拍打著Cross Cub的車體，說：

「這是一輛像牛一樣好騎的Cub呢。但我的Hunter Cub是馬啦。」

小熊察覺到，工作人員的表情感覺像是在說「這句評語沒辦法拿來用」。攝影機也同時對著小熊，於是她坦率地述說了目前的心得。

「這裡真是涼爽。」

七月最後一個星期，會是一年之中最熱的時期。富士山五合目的氣溫，會比平地的酷暑還低個十度以上。小熊之所以決定接下這個打工的理由之一，便是她開始厭惡起連日不斷的暑氣了。

夏季的白天會熱得讓機車騎士難以忍受，搞不好會比備齊禦寒裝備就撐得過去的冬天還辛苦。不過也正是因為如此，夏天夜晚騎乘Cub上路很舒服。

攝影人員的表情流露出「總算獲得能夠使用的素材」這種安心感，同時摻雜了無法理解的情緒。小熊認為，這些人在夏天工作時的辦公室，以及移動用的汽車及電車，配有冷氣八成是一件理所當然的事情吧。

小熊及禮子騎著Cross Cub到指定地點，再追過先一步出發的履帶車。就在眾人如此反覆進行時，到達了富士山六合目。

25 冒險

抵達六合目的時候，眾人立刻就準備休息了。

儘管以Cross Cub爬推土機登山道相當辛苦，不過目前的坡度還很平緩，而小熊與禮子的體力尚有餘裕。

禮子露出一副隨時想騎到七合目的模樣，而小熊也不是抱著到處休憩欣賞景緻的野餐心態才來的，但搭乘履帶車攝影的工作人員卻已經先累壞了。

她們倆拎起安全帽後，攝影人員便隨即上前替兩人整理髮型及聊勝於無的妝容，接著拿起噴霧器對著她們的臉灑水，並說：

「請妳們戴起安全帽再拿下來。」

兩人依照吩咐脫下重新戴上的帽子，於是冒牌的汗水便飄散出來了。心滿意足的工作人員打出一個ＯＫ手勢。這也是工作的一環。噴在她們臉上的水，在奪去體溫的同時逐漸乾燥了下來。

就禮子拿手機所看的標高數字，目前還不是會引發高山症的高度。但平常在東京都內上班的幾名雜誌社成員，臉上掛著一副罹患了冷氣病的模樣。這是因為，他們受上一份案件的影響而匆匆趕來，結果一下子無法適應從酷熱的山麓跑到氣溫驟降的山上，才會被天然的冷氣機害得染上此病。

小熊跟禮子被告知說，她們也有一個小時的休息時間。工作人員身上穿著預計在山頂附近才拿來用的禦寒衣物。駕駛履帶車的小屋老闆泡了茶，於是禮子也去要了一杯。而小熊則是遠離眾人，坐在機車座墊上拿出手機。

手機天線顯示可以通訊。小熊原以為就算智慧型手機能用，自己這支無法上網的便宜傳統手機也收不到訊號。她帶著苦笑心想「那怎麼可能」，同時撥打通訊錄裡頭的號碼。對方馬上就接電話了。

「是小熊同學嗎？我聽禮子說了，妳今天要去爬富士山對吧。」

自從開始放暑假以來，她一直都沒有聽到椎的聲音。小熊對著手機說：

「抱歉，打擾妳讀書準備考試了。我剛剛才開始爬。」

為了透過一般管道報考大學，椎主動把房間封閉得像是監獄一樣，再把娛樂用品統統丟到妹妹房裡去，藉以專心念書。這樣的她彷彿渴求著說話對象似的，一個勁兒地開口道：

「很高興妳打電話給我。假如妳覺得不安，不嫌棄的話就告訴我吧。」

不曉得是否通話有時間差的關係，在椎講完話之前小熊就回應了。

「慧海在嗎？我想請她聽電話。」

椎先是發出有如喉嚨哽住一般的聲音，之後又像是在生悶氣或鬧彆扭。

「好是好啦，反正她剛好在家嘛！」

小熊聽見了開門聲。椎以在學校不曾聽聞過的怒罵聲，呼喚人在隔壁房間的妹妹。

過了一會兒，又是門扉開關的聲音。

手機的音質聽不見腳步聲，不過小熊彷彿看得見慧海彎起高挑的身子走進椎的房裡一樣。接著傳來接起電話的動靜——或說是氣息。

「請問有什麼事嗎？」

一道謙恭又直爽的嗓音。光是聽到慧海的聲音，小熊就覺得這通電話的用意已經完成了大半。

「我等會兒要騎Cub攀爬富士山。什麼都好，我需要妳的建議。」

慧海應對如流地回答道：

「我還沒有爬過那座山，沒辦法告訴妳什麼。」

小熊也並不指望慧海會講出有如登山愛好者的部落格之中所寫的內容。比起那些，她更想問一件事。

「打從以前我就很想問了，為什麼妳會那麼喜歡主動跑到危險的地方去呢？」

一陣短暫的沉默流逝。小熊彷彿看到慧海反過來凝望自己，眼眸中透露出「妳怎麼會問這種顯而易見的問題呢」此種意涵。

「小熊學姊，我問妳。當森林遭到風吹之後一起掉了滿地枯葉時，妳可曾清楚望見過每一片葉子的形狀、動向，甚至是葉脈呢？」

「沒有。」

「我有。」

小熊心想自己的腦袋是不是差勁透頂。和禮子及椎說話時，她不曾有過這種感受。大概需要懂的人仔仔細細地闡述事物的道理，她才會明白吧。所以小熊才會打電話給慧海。

「妳是為了瞧見那副景象，為了讓自己變成那種狀態才會冒險嗎？」

「沒錯。能夠將我的感官擴大到極限的瞬間，八成就位在人類必須為了生存而發揮必要能力的地方。」

小熊透過電話聽見了短促的呼吸聲，還有椎大感驚訝的聲音。難道慧海是在笑嗎？

「小熊學姊，妳騎乘那輛叫作Super Cub的機械，可有見過我所感受到的事物？」

小熊先是看向自己的Cross Cub，而後仰望通往山頂的推土機登山道，說：

「還沒有。不過，接下來或許會變成那樣也說不定。」

慧海又發出好似在笑的呼氣聲。從剛剛話筒就一直傳來「換姊姊聽，換姊姊聽」的嗓音。無法違逆姊姊的慧海，在把電話交出去之前說了一句：

「小心一點。我剛才所說的那種狀況，經常會有人死掉。」

雖然小熊覺得她這番話真不吉利，但也跟著慧海一塊兒綻放了笑容。

「謝謝妳，我不會讓自己有生命危險的。」

傳出一陣搶走手機的氣息後，椎取代慧海接聽電話，卻猶豫著不知道該說些什麼才好。不過，小熊有感受到她的不滿。因為小熊撥電話到她的手機，卻和慧海聊著狀似親密的內容。

在椎準備讀書應考的這個節骨眼上，該說些什麼才能讓她不要拘泥於一些無聊小事上呢——小熊略作思考。
「考試加油。我很期待能和妳一起成為東京的大學生。」
「真是……」椎開口說話的聲音既低沉又沙啞，卻摻雜著不像是心有不快的嘆息。
「求求妳趕快回來吧。」
說完這句話，椎就掛斷了電話。

26 絕技

一小時左右的休息時間結束後，小熊與禮子再次騎著兩輛Cross Cub上路。

六合目之後的推土機登山道坡度和先前的道路相差無幾，但好騎許多。

並非特別以均等砂石鋪設的山岳產業道路，路況會隨著富士山原本的地形和地質而有大幅改變。

從五合目騎到這兒來的時候，會有一顆顆的小石子卡在輪胎上妨礙行進。這些石子都變得比剛才還小，而和緩的坡度也令道路擁有良好的視野。感覺就像是稍微顛簸的林道那樣。

這個能夠充分發揮Cross Cub的馬力及越野能力的機會，讓禮子心情大好。她以猶如泥地賽車手般的氣勢，追過開在前面的履帶車。

暗自心想「這下子八成沒辦法攝影了」的小熊以慎重的速度騎乘著，可是望見禮子遠去的背影，就忍不住很想大開油門。

小熊不禁帶著騎在街上柏油路的心情，瞄向在此幾乎毫無意義的時速表。但嘴巴及下頷處附有護罩的越野帽使她視線受阻，不往下瞧就沒辦法確認儀表板。

Super Cub的車主，之所以多半會選擇臉部開放式的安全帽而非全罩款式，並不是因為對過度配備感到害臊，而是看不見Cub比一般摩托車更偏下方的儀表。

只不過，像禮子這種根本不在意超速的人會以帥氣為由，從平時就戴著全罩越野帽就是了。

追著禮子加快速度的小熊，回想起自己肩負被拍攝的任務而試圖放緩油門時，便聽到安全帽裡的揚聲器傳來聲音說：

「就這樣保持下去。」

難得路況良好，小熊心想「瀟灑地騎著Cub追過攝影人員所搭乘的履帶車，或許會很上相吧」。看來似乎可以拿出真本事駕馭這輛Cross Cub，於是小熊催動了油門。

小熊穿過履帶車一旁，得心應手地駕駛著Cross Cub的時候，騎在前面的禮子背影靠近而來。她放緩了速度。

逐漸跟上去之後，小熊便明白理由了。方才還很平坦的路面，又再度慢慢變成了凹凸不平、難以行駛的道路。禮子的臀部從座墊上抬起來，一個個突破著化為棘手障礙物的小石子。

當小熊學禮子那樣跨越凹凹凸凸的石頭後，降低速度的禮子便停下了車子。小熊也跟著停駐在她身旁。

跨坐在車上望向前方的禮子，面前有一道像是河川乾涸後形成的溝渠。

那道溝渠橫跨推土機登山道，她們找不到能夠順利跨過的地方。這時履帶車也跟了上來。

不知是否意識到背後正在攝影的鏡頭，禮子下定決心似的向溝渠挑戰。這種路面即使是平地，最多也只能筆直行駛。而她讓Cross Cub衝進溝底，試圖憑藉著這股衝勁爬上溝渠的另一頭。

在半路上便失速，連人帶車滑進溝底的禮子，以拳頭敲打著借來的機車說：

「如果是我的Hunter Cub就爬得上去了！」

的確，禮子的車儘管同樣是一一〇cc，卻擁有大幅超越Cross Cub的馬力。只不過，到處施加改裝的Hunter Cub能否來到這兒，則令人心生懷疑。

小熊從溝渠上眺望著陷入苦戰的禮子，說：

「這輛Cub也爬得了。」

禮子坐在溝底的機車座墊上，一副自暴自棄地說：

「既然妳這麼說，那就請小熊小姐展現一下妳的高超絕技吧。」

小熊感覺到，攝影人員的鏡頭焦點正對著自己。儘管這使她有些煩躁，但這場富士登山行還有很長一段路，她可不能因為這點小事就受挫。

小熊退到溝渠後方，確保一段加速距離。緊接著她令車子加速，並在維持一檔的高轉速之下，衝進溝渠裡。

衝下溝底的Cross Cub就這麼爬上斜坡。到這裡為止和禮子沒有兩樣。小熊的車和禮子一樣，都在爬坡途中失速了。這時，小熊做了件禮子並未嘗試的事情。

用不著去看禮子的失敗，只要去考慮路面構造、狀態以及Cross Cub的性能，就想得到這個辦法了。事情非常簡單。

小熊走下Cross Cub，就這麼轉動著節流閥把手，將車子推上坡道。

光是去掉小熊一個人的體重，先前這個難以攀登的坡道就輕易地爬上去了。

小熊聽見禮子從身後喊了一聲「妳好詐！」然而，她似乎沒有意願和Cross Cub一塊兒住在溝底，於是便模仿小熊，推動車子爬上山坡了。

由於兩人推車之後有點累了，而且又超前履帶車太多，因此她們在跨越溝渠後便停下車子來等待。履帶車緩慢且靈巧地通過了擁有V字形斷面的山溝。這輛山岳履帶車和推土機的原型——也就是戰車這種武器，似乎原本就是為此打造的。

重新出發之後，這次是一條有如田畦的土堆橫跨推土機道。小熊試著拉開距離加速衝上去，可是一旦騎過去，斗大的石頭便會反覆衝擊輪胎削減速度，導致車子騎不上去而往後退。

這次則是禮子較快想到辦法突破。只要兩個人一道抬起一輛Cross Cub，就能直接走過土堆了。

日本至今遭逢數次大地震的時候，第二種輕機都是活躍於災區的交通工具。機車初學者有辦法駕馭，而且能夠載運腳踏車跟五十cc輕機載不動的重物或乘客跑長途也是理由之一，可是不僅如此。第二種輕機可以透過人力抬起車體的方式，通過四輪傳動車和大型越野機車也無法突破的瓦礫阻礙。

當車子壞掉或無法行駛而得找人牽車的時候，損害情況將會視是否需要出動大卡車和拖吊車運送，還是能否以小貨卡或人力拖車載回而定。這與存活率息息相關。

一九六〇年代以Super Cub和Monkey組成的登山隊成功登頂富士山時，同樣也是不時在半路之中下來推車，或是扛著往上爬。

這個故事，可以稍稍窺見Super Cub這款舉世聞名的實用車輛，擁有多麼傲人的成績和性能。禮子事到如今才回想起來。

工作人員八成是想拍攝女孩子騎著可愛的Cross Cub努力登山的場面，不曉得他們看到兩個女生賣力地扛起車子運送的模樣，會怎麼想呢——內心如是想的小熊，把車子運到土堆的另一頭去。

其後，路面便一直維持在易於行駛的狀況下，抵達了七合目。小熊看得出來禮子的臉色益發險峻，不知是否逐漸稀薄的氧氣造成的影響。

富士登山的真正考驗，接著就要開始了。

27 散步

據說往富士山高處爬，會看見砂礫變成石頭，最後又變大塊岩石。

這輩子的登山經驗屈指可數的小熊，將親身體會這番話的意義。

從七合目附近一帶開始，原本就連Cross Cub也能巡航的石子路，變成岩石路了。

目前標高既已接近三千公尺。那件借來的越野夾克原先在五合目令小熊覺得悶熱，不過她感覺得到衣服替自己遮蔽了山中的寒氣。一旦標高繼續增加下去，想必會變得更冷吧。真難相信以關東為中心的平地區域，現在正是酷熱的日子。

小熊跟禮子騎在Cross Cub上，與岩石路艱苦奮戰著。

由於六合目已經休息過滿長一段時間，因此七合目只有短暫休憩就繼續登山了。

道路不規則的顛簸程度，讓人懷疑自己是不是騎在賽之河原一樣。Cub這種需要不斷保持平衡的二輪車，就連筆直行進和安穩坐在座墊上都辦不到。

在這條只有直線和將近一百八十度迴轉不斷反覆的推土機登山道，小熊機械式地重複著跨越險路和迴轉的動作。當開始覺得騎車時不用動腦筋時，那就危險了。

山壁這一側是抬頭望不見山巔的高牆，山谷那方則是綿延至三千公尺底下山麓的陡坡。萬一車子在這條沒有任何護欄的道路上往山谷倒去的話，那麼騎士和機車都會直接摔落，化為沒有生命的物質。

直到七合目之前，她們都還以稱得上是「騎乘」的方式移動，現在的速度則變得更像步行而非行駛了。當小熊上街騎著Super Cub，在人聲鼎沸的道路上被行人包圍時，她會對Cub能夠混在人群中以步行速度前進的引擎性能，以及平衡特性優異的車體感到滿意。然而，她後知後覺地發現到，Super Cub之所以會打造成這樣的機車，並不是為了配合行人的走速而降低時速，而是為了應付通過此種道路時，即使油門催動到極限也只能發揮出步行速度的狀況。

禮子那輛騎在前方的紅色Cross Cub，從剛才起就一直搖搖晃晃的。雖然她那在岩石路挑選最佳路線的反射神經似乎仍然健在，不過抑制著停滯車輛的臂力顯然已經衰退了不少。

稀薄的氧氣，漸漸給身體帶來影響了。小熊讓Cross Cub的車速從步行速度提升到小跑步的程度，追過禮子的車子。擦身而過時望向禮子的側臉，小熊便看出她已氣喘吁吁了。禮子原先打算重新超車，可是見到小熊騎乘的背影要比自己還穩定，就乖乖跟在她後頭了。

小熊騎著騎著，察覺到自己還維持著注意力。據說會不會罹患高山症和暈船症狀，端看每個人的體質不同。有的人就是會得，有些人則是一輩子與其無緣。小熊認為，自己大概比禮子多儲存了一些氧氣吧。

無論是金錢或氧氣，只要平常就努力避免浪費，便會不時像《螞蟻和蟋蟀》中的螞蟻一樣遇上好事。禮子是否會趁這次登山的機會，改掉先前有如蟋蟀那般的生活呢？儘管小熊內心這麼想，卻又認為禮子比起《螞蟻和蟋蟀》這種教訓人的寓言，八成會更喜歡那對德國兄弟的故事。內容是認真存錢的弟弟和成天喝酒的哥哥遇上了戰爭引發的通貨膨脹，結果弟弟的存款變成了廢紙，而哥哥卻賣掉了酒瓶大賺一筆。

就在小熊進行尋思並騎乘Cross Cub的時候，禮子似乎也在想類似的事情。只見她跟著小熊背影騎去的模樣逐漸穩定下來了。迄今一直帶著騎車競速的心態攀爬富士山的禮子，看來放鬆至恰到好處的程度了。

小熊以前曾聽禮子聊過她的母親。禮子的母親是一位繼承了外送便當店的女社長，從製造、配送、會計和業務等全都一手包辦。這樣的她為了讓位於東京郊外住宅區的便當店贏過同業並永續經營，全心全意投入在工作上。

自營作業者的收入，不見得會和工作量成正比。當她不論多麼努力都不見起色後，反倒變成了一個對自己與別人都很嚴厲，老是掛著一張恐怖表情的冷漠女社長。於是不僅員工和合作業者，就連客人都離她而去了。這是以道館自居的拉麵店常見的現象。

當禮子母親心想終於來到只有關門大吉這一步時，她內心有某種想法改變了。她自暴自棄地帶著死馬當活馬醫的心態，認清這家店只有倒閉一途，把它當成二度就業前的打工來經營。結果這個懶惰店長所做的偷工便當居然吸引到了同類——也就是三餐不自理，都以便當解決的懶散客人。不過，生意興隆最主要的原因，似乎是她會看當天心情隨便定價，懶得幫商品設定一個能夠獲得充分利潤的價格就是。

其他還有，位於店面附近的寺廟隨著投資過度的墓園一塊兒破產，設立在原址的大型網購公司倉庫產生了莫大的需求，以及同行歇業和大型連鎖便當店內鬥導致分家之類的情形。這些幸運的狀況接二連三重疊起來後，禮子的母親總算能把店裡的工作交給別人打理，自己跑去玩耍了。

當她隨著不曉得第幾次的退休宣言前往旅行的時候，在背包客旅館遇見禮子的父親，兩人就這麼結婚了。

小熊與禮子維持著人類的步行速度，繼續騎著Cub登山。人類的反射神經與動態視力，似乎是在一般的走路速度——也就是時速四公里左右能夠發揮最恰當的性能。只要遵守這樣的速度，目前就可以在岩石路之中選擇最合適的路線。

兩人即將來到本七合目時，履帶車的攝影人員透過安全帽的揚聲器傳來了直接通過的指示。小熊從聲音裡也聽得出來，對方的呼吸很紊亂。雖然小熊納悶地心想「坐在車上的乘客也會疲倦嗎」，但高山症無論是騎車、開車，甚至是對於徒步上山的人都會給予相同的負荷。

小熊等人依照指示，通過了本七合目。身上的登山服飾五顏六色的步行登山客指著她們。雖說這次利用Cub爬推土機登山道有獲得許可，不過由於是在登山高峰期進行，因此能夠獲得取材協助的登山小屋及設備相當有限。

小熊不時和禮子交換前後順序來騎乘。可能是想從前方拍攝影像，履帶車在半途追過了兩輛Cross Cub，開在前頭。儘管會揚起漫天煙塵，還有小石頭會打在越野帽附帶的護目鏡上頭令人煩躁不已，可是多虧有車子在前方壓平路面，騎乘狀況稍微好點了。

小熊望見了幾棟建築物。那和本七合目之前化為觀光地區的設施不同，是甚至令人覺得煞風景的小屋聚落。

眾人抵達了八合目。攝影人員從先一步停駐的履帶車走下來，臉色一陣鐵青。好幾個人都借助履帶車駕駛——也就是五合目山中小屋老闆的協助才下車。

負責錄影的攝影師以虛浮的腳步發揮工作意識，把攝影機對著拿下安全帽的小熊與禮子。小熊有點猶豫，不知該如何是好。像這種時候，身為Cub的車主該怎麼做呢？

總之，小熊決定直接說出那件禮子老早就知道，而自己起初聽聞的時候出言否定，近來卻不得不承認的事情。

「總算可以騎著Cub跑了。」

開口回應的禮子，一副早就明白小熊會說出什麼答案的感覺。禮子似乎也有意遵守自己說過的話。

「我們不是騎到這兒來了嗎？」

「先前的狀況都是散步。」

「騎Cub散步讓人很開心呢。」

「奔馳起來會更開心。」

機車騎士這種人，就是會虛張聲勢的生物。

28 辣醬通心麵

爬到八合目的時候，小熊、禮子及攝影人員將在這裡吃午餐。

推土機登山道是和徒步登山道平行鋪設的路面。八合目雖然有同時設置了餐廳和住宿設施的山中小屋，但他們大概是覺得不好統統擠進登山客人滿為患的店家，因此糧食是由雜誌社自行準備。

小屋那邊似乎很歡迎能夠帶來宣傳效果的雜誌社前來光顧，然而這次企畫的贊助商之一是一家災害儲備糧食的進口商，所以編輯部便以他們的意思為優先了。

小熊覺得自己好像變成了一毛不拔的無恥觀光客，不過轉念一想，認為「都騎Cub踐踏過業務用推土機道了，如今還說這些做什麼」，總之決定接受這份供餐的打工所帶來的好處。

這份商業合作所提供的午餐，是冷凍乾燥罐頭食品。餐點則是辣醬通心麵——利用辣醬燉煮牛肉和通心麵的食物。這個只要加入熱水就能吃的辣醬通心麵，已經打開倒進履帶車所載來的大鍋子裡，並以熱水泡開了。

平常一旦肚子餓便會立刻開始大吵大鬧的禮子，不曉得是否因為位在高處之故，她嚷嚷著想吃飯的次數要比平時少。不過，聽說這個辣醬通心麵和美軍所採用的行軍口糧是相同的東西，倒是令她感到興味盎然的樣子。

和小熊平日所吃的咖哩或牛肉蓋飯一樣是調理包的美軍口糧，可以透過網購或軍用品店輕易買到過期的除役品。但禮子表示，冷凍乾燥口糧只會發放給極少部分需要將裝備輕量化至極限的部隊，因此在狂熱者之間是極其稀有的品項。坦白說，小熊根本搞不懂它到底哪裡難能可貴。

小熊拿到一只會在超商火鍋組合見到的免洗鋁箔深碟，裡頭盛了據說一罐有十五人份的辣醬通心麵。同時還附上幾片圓形蘇打餅，以及合作廠商的罐裝健康茶。與其說是觀光登山，小熊覺得更像是在進行極地探險。

這道紅裡帶白的黏稠燉煮食物，飄出辣醬通心麵的熱氣。儘管外觀不佳，但香辣的氣味依然挑動著小熊的食慾。大部分同樣接過通心麵的攝影人員，看來都沒什麼胃口。

禮子的食慾則是在他們和小熊中間，她不像平常那樣狼吞虎嚥著眼前的食物。小熊暗自心想，假如她們每天上學的高中位於標高三千公尺之處，禮子是不是會稍微變成一個擁有些許賢淑魅力的女人呢？

Cross Cub靠著履帶車停放。坐在車子座墊上的小熊與禮子，喊出一聲「我要開動了」之後，便以湯匙將辣醬通心麵送入口中。雖然連吃飯的模樣都要被拍攝起來讓小熊有點不自在，不過食物的味道還不賴。這令小熊會想在家自個兒弄來吃。

拿湯匙戳啊戳的，確認裡頭放有什麼配料的小熊，拿出手機拍下照片，以當作日後的參考。大快朵頤著通心麵的禮子則露出一臉竊笑看著她。小熊想說之後要把罐子上撕下來的標籤帶回去。

剛才那個食慾沒有平常好的禮子，似乎在吃麵的時候被辛香料喚醒了食慾，只見她把蘇打餅剝進通心麵裡，吃得津津有味的樣子。

小熊實在提不起勁和她做一樣的事。也許是為了在災害中長期保存而沒有添加多餘調味的蘇打餅，直接在口中細細品嘗，比較能吃出小麥的甘甜。

攝影人員看著小熊她們，一臉擔心地問道：

「妳們吃得下嗎？」

受到近似於暈車的高山症所侵襲的大部分工作人員，要吃掉盤裡的通心麵都得費上好一番工夫。全部吃光光的人就只有駕駛履帶車的小屋老闆一個。

小熊遞出空空如也的鋁箔餐盤，說：

「假如有多餘的份，我還想再來一盤呢。」

禮子擅自盛裝著鍋子裡所剩的通心麵，說道：

「若是有起司或塔巴斯科辣醬就好了。另外，如果我年紀再大一點的話，我會想喝Tecate或Dos Equis的啤酒。」

攝影人員以看向不同生物的目光，望著食慾旺盛地吃著第二盤麵的小熊等人。其中幾名成員，回想起過去所做的二輪比賽取材經驗。那是所有人員團結一致齊心奮戰的比賽。然而，在場只有賽車手會變成非人生物，和其他人不一樣。

小熊單單只是想說，既然能夠吃到比平時的三餐還美味的食物，那就盡量多吃一點罷了。早就想品嘗辣醬通心麵看看的禮子，則是單純為了能在出乎意料的狀況下，由雜誌社請她一頓而感到開心。

另外還有一件她們兩人都注意到的事情，那便是從方才就在雲層間若隱若現的富士山巔。

接下來好一段期間，她們會需要盡可能多一些的熱量。

29 半離合

小熊、禮子及攝影人員結束用餐休憩時間，從富士山八合目出發了。

在跨上機車之前，小熊與禮子互相凝望著。她們並非事到如今還想重新看看對方熟悉的臉龐，而是帶著刁難的目光檢查彼此的安全帽頤帶、越野夾克衣領、機車長褲的腰帶，以及越野靴的扣具。

後面的路上所散布的銳利岩石和山間驟風，會更加為難人。

攝影人員將鏡頭對著這副從外人的角度來看，倒也像是信任著彼此的模樣。他們先前的頭痛及嘔吐症狀，經過吃飯歇息後似乎舒緩了一些。雖然據說休息對高山症而言基本上無效，一定要下山才治得好，不過眾人總算是維持著還有辦法工作的身體狀況。

到九合目為止的路程，細分為本八合目和八合五勺這些區域。走路各自需要花將近三十分鐘的時間，共計大概要一個半小時才會抵達九合目。

既然如此，最起碼要在半小時之內爬上去，不然就沒有騎車的意義了——小熊如此認為。搞不好小熊的思考模式，被禮子這個無謂高傲的Cub車主給傳染了也說不定。

總之，如果接著要突破九合目登頂的話，自己的體力頂多只能撐一個小時左右。

在從前曾經跑過這兒的禮子帶領下，兩人開始騎在推土機登山道上。路上的小石頭一嵌進輪胎之中，小熊立刻就察覺到路面和先前不同了。

為了讓履帶車行駛而進行過最低限度整備的道路，依然充斥著大顆又銳利的石頭。這種路況要讓兩輪車輛騎乘有點勉強，而坡度也明顯增加了。利用一檔起步後，幾乎沒有地方能夠提升至二檔。

要發揮淋漓盡致的引擎馬力，就必須維持高轉速。這是有別於電動馬達的內燃機所無法避免的特性。

輕量跑車能夠在僅以急轉彎構成的技巧性山路，打敗兼具大馬力和昂貴價格的大型超跑。有句話說這樣的山路「只要靠低速檔和二檔就綽綽有餘了」，不過小熊她們眼前的路，已經只能靠一檔和偶爾可用的二檔來騎了。

靠著Cross Cub才好不容易能騎過的岩石路，四處散落著唯有履帶車才有辦法跨越的大石頭。小熊等人必須左右閃避這些障礙物行駛。不過在路面阻力極高的狀態下閃躲的時候，如果檔位提升得太高，車子將會吃不到扭力。

小熊曾在街上以低速騎乘於狹窄之處時，試圖在高檔位急轉彎，結果差點熄火。這條道路彷彿無止盡的運動競賽一般不斷阻止著小熊前進，並使她雙腳著地。

小熊看向騎在前方的禮子，發現她也陷入類似的狀況而失速。即使在本應能夠發揮引擎最大馬力的一檔轉動節流閥把手，卡在岩石裡的輪胎也不肯動。原以為禮子會像小熊一樣把腳放下來，沒想到她卻放回油門，再把臀部從座墊上抬起來。

利用重心移動取得平衡，維持著靜止狀態的禮子，以腳跟踩下變速踏板後方，讓檔位從一檔降到空檔，再以腳尖踩踏變速踏板前方。

採用離心式離合器而不須透過拉桿操作的Cub，在踩下踏板的期間，離合器便是鬆開的狀態了。禮子扭動把手，令擺脫輪胎阻力的引擎提升至高轉速，而後放緩踩著變速踏板的腳尖。

藉由急速接合離合器的動作，讓Cross Cub衝出了困境。禮子若無其事地繼續騎下去，她的背影逐漸遠去。

小熊也模仿禮子的作為，先是踩著踏板催動引擎，再試著放緩腳尖。儘管第一次做得不順利，多試幾次之後就慢慢掌握到訣竅了。

小熊心想，這招或許也能應用在讓路上停等紅燈的車子急速前進，而不僅是山路。不過一旦操控不當，八成會使前輪翹起來，進而導致失控。最好別得意忘形地運用這招才是。

小熊驅使著新學會的技巧，追著禮子跑。禮子卡在一個像是淺窪的地方，又再次動彈不得了。她再度試著催動引擎並接合起離合器，但仍然無法脫離。

透過後照鏡瞄向後方的禮子，這次運用了小熊所教的技巧——也就是在騎不動的地方下來推著車子走。這招固然單純，可是像禮子這種盲目相信Cub性能的人，會對此心生抗拒。

看來禮子並沒有變成一個笨蛋，反倒是自己有點傻也說不定。內心這麼想的小熊接著騎車上路，通過了本八合目。

難關還會繼續下去。

30 判斷的分歧點

騎著Cross Cub登山，時而下來推車的小熊與禮子，在抵達八合五勺的時候被要求停車。

履帶車在八合五勺滿是徒步登山客的山中小屋等候著。

在推土機道前半段，由於和機車之間的速差之故，Cross Cub經常會追過去，等著履帶車趕上來。然而就在小熊及禮子正與陡峭的險路奮戰時，履帶車不知不覺間就開在她們前面了。

小熊把車子停在小屋後方的物資出入口。爬到這麼高的地方後，氣溫已經超越了涼爽的程度，變成猶如初冬的溫度了。小熊身上那件在五合目太悶熱的越野夾克並沒有充分的禦寒功能，她感覺得到風從縫隙間漏了進來，把汗水逐漸吹乾。

禮子跨坐在車上，不時轉動著節流閥把手，豎耳傾聽著引擎聲。她去年騎著以郵政Cub改裝而成的特製機車挑戰這條路，卻因為化油引擎的缺點——缺氧導致馬力降低，以及本身的高山症而放棄了攻頂。

就連全國郵務作業所用的Cub，終歸也無法在日本最高的郵筒進行收發業務嗎——雖然小熊如此心想，可是問題並不在郵政Cub身上，而是在禮子對引擎施加了馬力優先的改裝。

Cross Cub在標高將近三千五百公尺的八合五勺，依然完全沒有運作方面的問題。東摸西弄著機車的禮子，開口說：

「扭力有點下降了呢。」

老實說，小熊並未注意到有什麼變化。畢竟需要最大扭力的地方她是推著車子走，除此之外則是行駛得很順利。多半只是禮子在偏袒自己以前那輛郵政Cub，勝過於同樣是採用化油引擎的Hunter Cub罷了。

那輛郵政Cub一直馳騁在推土機道上，直到禮子自己因缺氧體力不支而把車子摔壞為止。禮子本人曾在午休閒聊時告訴過小熊，據說本田的引擎打從以前就很能承受高海拔地區的環境。

在一九六〇年代大為活躍，稱霸了世界摩托車錦標賽全項目的本田工業，決定參加四輪的Ｆ１比賽。

儘管基於技術及預算方面的問題，未能屢獲捷報的本田在幾年之內就黯然退場，不過他們第一次的勝利，是在高海拔的墨西哥所舉行的錦標賽。

當其他隊伍正在辛苦地調整燃料來配合濃度稀薄的空氣時，時任本田Ｆ１總監的中村良夫先生活用了他曾身為飛航開發技師的經驗，表示「特地花時間計算都嫌浪費」，輕而易舉地調好燃料濃度後，以技壓群雄的速度奪冠。

或許改成電子控制引擎的Super Cub，也繼承了這份思想。心中如是想的小熊抬頭仰望到九合目為止的推土機登山道，這時一名攝影人員，亦即負責這次企畫的女性編輯接近過來。

小熊想說是否又要攝影而有點顯得煩躁，然而女性編輯對她說：

「妳們要不要在這兒下山呢？」

方才小熊就有查覺到，工作人員的體力已瀕臨極限了。她低頭望著Cross Cub和自己的手，回應道：

「我們並沒有發生什麼特別的問題耶。」

小熊側眼看向禮子。禮子在這種時候會率先抱怨起來，因此小熊期待著她的發言，但她卻遲了些許才回答。禮子先深深吸了一口氣，說：

「如果工作人員沒有辦法繼續攀登的話，就由我們倆自個兒到山頂去攝影。」

語畢，禮子指著兩輛Cross Cub上拍攝騎乘影片的GoPro攝影機，並從胸前口袋掏出手機。

近來的智慧型手機可以錄製高畫質影片，而最新機種的拍攝品質甚至足以拿到電視上播放，所以經常可見電視台的工作人員拿手機拍街景或突發狀況的模樣。

駕駛履帶車的小屋老闆插嘴說道：

「不嫌棄的話，拍攝就交給我吧。」

老闆拿給大家看的手機，要比禮子的還新。從他裝飾在五合目小屋中那些令專業攝影師驚嘆連連的照片就可以知道，老闆的攝影技術也讓專家自嘆弗如。

女性編輯為了工作人員安全才提出撤退要求，不過看得出來她對於未能拍到小熊等人登頂的模樣感到不甘心。當她露出一臉得救了的表情時，小熊觀察著禮子的狀況。

禮子明顯氣喘吁吁的，連講話都很辛苦的樣子。顯然她已經開始罹患高山症了。然而小熊就經驗得知，即使快要缺氧倒下，若是有人從後面踢她屁股一腳的話，禮子應該就不會立刻魂斷九泉。既然如此，拚上老命就至少還能爬上數百公尺吧。爬上去之後的生死，禮子八成會自己想辦法處理。

小熊對女性編輯說：

「我們可以先暫且休息片刻嗎？之後再決定。」

在小熊的視野一角，看得見專心恢復體力，臉上卻也漸失血色的禮子。小熊無視於點點頭回到山中小屋去的女性編輯，拿出自己的手機來。

對於攀爬富士山的小熊而言，這段時光相當漫長。心想「不曉得那邊過了多久」的她按下按鈕，於是對方立刻接聽了。就像是猜到了小熊的意圖似的，有別於手機主人的嗓音傳了過來。

小熊開始透過手機，向惠庭慧海解釋目前的狀況。

慧海符合她講話隨時都直截了當、言簡意賅的風格，馬上就讓小熊了解到必要的事情了。

小熊道過謝之後掛斷了電話。慧海是小她兩屆的學妹，而且兩人認識沒多久，不過這種事情毫無意義。小熊明白到，慧海是個可以放心交代自個兒一些心底話的對象。等這場登山行結束後，就買個伴手禮給她吧。最好也帶個慰勞品去給閉門不出專心讀書準備應考的姊姊椎。小熊想當面而非利用手機跟慧海述說這場冒險記，聽聽她會對自己說些什麼。內心如是想的小熊，走到禮子那邊去。

先前每到休息時間，禮子都會露出一副愛看熱鬧的模樣，到處觀察富士山的登山設備。然而她現在卻坐在Cross Cub的座墊上，喝著雜誌企畫合作所免費提供的健康茶。

望見小熊靠近的身影，禮子的嘴巴離開寶特瓶口並把茶了灑出來。她原想蓋起旋轉式的瓶蓋，不過手一滑就把蓋子弄掉了。

小熊伸展著身體，在半空中接住從禮子手中彈飛的蓋子，說：

「妳還爬得了嗎？」

禮子把小熊遞給自己的瓶蓋轉緊在瓶子上，並以有些嘹亮的嗓音說：

「當然，我就是為此而來的。」

黃色的Cross Cub停放在禮子的紅色機車旁邊。小熊坐在自己的機車座墊上，並向禮子詢問剛才慧海告訴她的內容。儘管不太願意，但她非得確認不可。

「妳現在穿著什麼樣的內褲？」

31 山頂

小熊這個出乎意料的提問，讓禮子原先因標高三千五百公尺的寒氣而蒼白的臉色，稍稍恢復了一點血氣。小熊並不想看到禮子臉紅的模樣，而比起往常無精打采許多的禮子，還是開口回答了問題。

「是前陣子和妳一起買的東西啦！在這種深山裡頭精心打扮也無濟於事吧？」

暑假剛開始不久時，小熊與禮子曾到韮崎的購物商場去買不合時節的禦寒內衣。一旦開始騎機車，就會去找冬天派得上用場的東西，無關季節。由於禮子無論如何都想要的內衣，店家正在做店頭限定的過季特價販賣出清，所以她才會和小熊一塊兒去採購。

小熊與禮子買下了因已故的黛安娜王妃一句「我一點也不覺得冷，因為我身上穿著Damart的內衣呀」而變得聲名大噪的Damart禦寒內衣及內搭褲。小熊她們原本想在同一家店裡添購內衣褲，可是她倆帶的錢買不起Damart公司推出的法國產品，結果跑去回程路上的大型休閒服飾連鎖店買了。小熊買的是亮色系，而禮子是暗色款。

「那就不行了。我們兩個都無法繼續攀登下去。」

慧海告訴小熊的確認方法極其單純。不適合在氣溫、氣壓驟降的高山上生存的人，其中一種例子便是穿著棉質內衣褲。

棉的吸濕性固然優秀，不過排汗性和速乾性則略遜其他素材一籌。平時經常穿著成套牛仔裝騎車的小熊遭驟雨淋濕時，也曾被衣物乾燥的緩慢程度給搞得吃不消。她也曉得濕掉的棉會令體溫降低。

冬天騎腳踏車跨越丘陵時，在上坡弄得汗水淋漓的上衣，會因下坡的風壓而使得身子驟然變冷——許多人有過這樣的經驗。

即使身穿禦寒衣物，假如底下所穿的是棉質服飾，汗水就會直接轉變為濕氣。不容易乾掉的汗水會逐漸奪走體溫。就算目前富士山天氣晴朗，一旦受到驟雨和強風吹拂，溫度與體力將會不斷流失，導致腦袋無法保持在足以維持意識和判斷力的底線上頭。

慧海仍依靠雙腳冒險，還沒有爬過從老家走去很花時間的富士山，不過卻有攀登過以她的標準來說離家很近的甲斐駒岳。儘管由於高中生預算有限之故，她身上所做的打扮是合成皮靴加上釣具店的便宜禦寒服，但內裡卻是穿著羊毛材質。

禮子似乎也注意到滿是汗水的內衣褲一直沒有乾，還有它所帶來的寒意，於是一臉心有不甘地喃喃說道：

「冒險最重要的一件事，就是判斷撤退的時機對吧。」

小熊頷首應允。雖然她們兩個都還沒有藉由Cross Cub稱霸這座山的能力，不過卻獲得了活下去所必須的判斷力。並非「只要努力就做得到」這種兒童漫畫般的幻想，而是正視無能為力的自己，為了今後得償所望而做好必要準備的能力。

小熊走到履帶車那兒去，告知女性編輯登山活動中止的消息。安穩的情緒隨即在工作人員之間散播開來。雖然為了以成功登頂而非放棄的字眼來潤飾報導內容，現場一時片刻瀰漫著「照小熊和禮子的意思，讓她們倆自個兒攻頂」這樣的氣氛，不過萬一有人受傷的話，根本就寫不成雜誌報導了。

工作人員甚至都在討論要不要強行制止她們兩個繼續登山了。

那名還年輕的女性編輯不曉得，但攝影人員裡有一位長期從事汽機車雜誌工作的攝影師。他曾經在某本知名汽車改裝雜誌於谷田部測試賽道所舉辦的改裝車極速挑戰賽之中，親眼見到以前驅車參戰的總編意外身亡的現場。

決定下山並拍攝了徒具形式的照片及影片後，小熊與禮子騎著Cross Cub，而攝影人員則是搭乘履帶車順著推土機道而下。

下山時沒有坡度造成的負擔，因此比攀爬時要輕鬆許多。小熊她們皆利用推土機道特有的側傾方式，讓車身滑過彎道。騎在Cross Cub上的小熊，認為這輛車和自己的Cub有不同層面的趣味性存在。它的避震器容量要比自己平時騎的車大了許多，剛開始覺得塑膠車身很突兀，但感覺裡頭的鋼管車架強度勝過舊式Cub的鐵板車體。最起碼舊款Cub獨有的缺點——後擋泥板被人撞一下就使得整個車身扭曲，導致整輛車報銷——這輛車應該不會有。

在半途的七合目、六合目等著履帶車花一段時間緩緩開下來的小熊及禮子，回到了五合目。

在那裡重新開始攝影之後，小熊便要把Cross Cub堆上在五合目等候的取材廂型車之中。攝影人員表示，他們會用這輛要到廠商那邊還車的取材車，送小熊等人回家。

禮子在登山期間一直拿Cross Cub和自己的Hunter Cub相比，並頻頻出言抱怨。這樣的她把紅色Cross Cub推到了取材車的尾門前面，卻遲遲不肯推上去。小熊隊取材車的工作人員說：

「反正既然要到我們家去，那可以騎著Cross Cub上路嗎？」

略作思索的攝影人員回以一句「這樣能夠拍到不錯的畫面呢」，便答應了小熊的提議。聽到這句話的禮子開心地拍了拍Cross Cub的座墊，跨上車踩發引擎。即使對這輛附有馬達啟動鈕的Cub見異思遷，她依然還是不改自己的做法。

其後，小熊與禮子分別騎乘兩輛機車，從富士山踏上前往山梨的歸途。

儘管攻頂活動半途結束，她們仍品嘗到了挑戰自我極限的成就感。

幾天後，女性編輯在統整她們倆騎車攀爬富士山的報導，同時辦理比當初說好的酬勞要來得豐厚些許的匯款手續。這時，一封郵件寄到了她這裡來。

那是在企畫進行期間，禮子拿來當作聯絡方式的信箱。小熊及禮子兩人聯名寄了一封形式上的感謝函來。

簡樸過頭的內容底下，附帶了一個檔案。開啟檔案後的女性編輯驚叫出聲，讓周遭的人們都回過頭來望著她。

注視著女性編輯電腦桌面上令她驚聲尖叫的內容，編輯們則發出了更大的驚疑聲。

那份檔案的內容，是小熊與禮子騎著Super Cub及Hunter Cub的照片和影片。

結束那場利用Cross Cub攀登到富士山八合五勺的行程而回到當地的小熊及禮子，之後過沒幾天便騎著自個兒的車折返回富士山，直接爬起推土機道來。

影片似乎是駕駛著履帶車同行的五合目老闆，以媲美專家的技術所錄下的。影片最後一同出現在山頂觀測所前的是滿車泥濘且各處零件都斷掉的Cub，以及儘管衣服和臉都骯髒不堪，卻依然浮現滿面笑容的小熊跟禮子。
「既然要上路，還是自己的Cub最好。」

32 生還

小熊的七月在騎乘Cross Cub爬富士山這份奇妙的打工中結束，八月則開始了「以自己的Super Cub重新挑戰因各種狀況而放棄攻頂的富士山」這種刺激的體驗。

這趟第二次攀爬富士山的行徑可謂奇特無比。而其理由僅是一些枝微末節之事。

騎著借來的Cross Cub回到日野春的自家公寓後，小熊把車子堆到由後方跟來的雜誌社廂型車上。完成簡單的歸還手續，目送雜誌社成員開車回到東京去的小熊，睽違已久地回到了自個兒的房間裡。

結束打工收到全額報酬的充實感，以及未能抵達近在咫尺的山巔這種令人抱憾的情緒，交雜在小熊心中。就要帶著此種心情迎接盛夏的小熊，坐上自己那輛Super Cub，漫無目的地上路了。在騎乘雜誌社出借的Cross Cub那段期間，她一直都把自己的車丟在公寓停車場裡。

雖說日野春周遭被涼爽的高原避暑地包夾，來到盛夏期間依然挺熱的。Cub的去處自然而然地朝向小熊與禮子當作聚集地的BEURRE。或許是因為那間小木屋店鋪的內用區域採用了赤裸裸的白松圓木，冷氣機的風感覺比自家公寓那棟水泥住宅要來得對身體好。而且過去小熊救椎一命時，有從她父親手中收下了咖啡與輕食的一年免費兌換券。

小熊及禮子原先想說或許會打擾到椎讀書，因此進入暑假後便鮮少來訪。但昨天富士山爬到一半時所打的那通電話，椎以寂寞的嗓音說希望早點見到小熊，所以才會到她家來。

小熊一如往常地把失竊風險相當高的車子停在大馬路上看不到，只能從店裡望見的地方。她一打開店門，人在店內的慧海便對門上安裝的牛鈴聲響產生反應，抬起頭來。慧海的表情顯示出她在門鈴響起前，或是聽到小熊的機車聲接近而來之前，就曉得今時今日造訪的客人會是誰了。

「歡迎回來。久候多時了。」

看似正在代替父母和椎幫忙顧店的慧海，身穿未繫領帶的白色襯衫、摺線筆挺的深藍長褲，以及近似琥珀色的深橘色半身圍裙。

柔順的捲翹馬尾加上高挑身材，美麗的她具備了完美的服務生外表。

對拘束的工作興趣缺缺的模樣，反倒令她更像是一名正牌的服務生。日本人隨時都能在咖啡店受到統一且親切的服務。習慣這點的人去到法國的時候，經常會感受到文化落差。她就像是那種會出現在巴黎或南法，不怎麼認真工作的服務生。假如嚮往義式咖啡師卻仍不成氣候的椎看到，想必會覺得很不甘心。

「不枉費我從三千五百公尺的高山下來到這裡了。」

小熊是為了見椎一面才到這家店來，而她也想見見慧海。不光只是來一趟，小熊還希望慧海聽她說說，自己迄今反覆為了求生而進行必要判斷及實行的那些事。

內用區域的一角，有一張椎憑著自身美感布置的桌子。慧海泡了一杯熱咖啡歐蕾給坐在那張桌子前的小熊。她的動作儘管比椎草率了些，卻毫無一絲多餘之處。

「我去叫椎來。」

小熊很想和慧海單獨聊聊，但用不著慧海跑上二樓到椎的房間去，椎就自己衝下樓梯來了。

「小熊同學！妳活著回來了呢！」

平常都會幫咖啡歐蕾加糖的小熊，這次直接喝了一口，再以眼神對慧海示意「很好喝」，才開口說道：

「妳太誇張了。」

椎為了念書應考而隔絕娛樂及外界接觸，似乎一直窩在房裡。無論是運動服打扮或是略顯凌亂的頭髮，她都比較像歷劫歸來的樣子。

占領了BEURRE內用區的三人，配著咖啡及三明治聊了起來。雖然感覺是小熊回應著椎的質問攻勢，而慧海在一旁默默聆聽。在聊天空檔之中久違地操作著濃縮咖啡機和帕尼尼機的椎一副神采奕奕的模樣，慧海則是以溫柔的目光望著姊姊這樣的身影。

小熊原先想說，可以的話就讓她們稍微聽一下自己「前去攀爬富士山，並在無人受傷的情況下回來」這個不曉得值不值得驕傲的故事，可是缺乏能力和幸運而未能成功登頂便下山的她，就連這件事也辦不到了。

小熊認為，自己之所以無法在慧海面前抬頭挺胸，並不是因為攻頂失敗這個結果，而是因為她說不上是經歷了一場冒險回來。她們的所作所為都在辦得到的範圍內，面對危險便打道回府。無論是對自個兒本身或是Cub，都沒有留下任何東西。

據說慧海在冒險之中，體驗過感官被放大到極限的感覺。當小熊能夠窺見那個瞬間的時候，一定能在慧海面前感到自豪。

由於雜誌社並沒有特別下達封口令，就在小熊大致聊完這趟雜誌企畫推動的富士登山行時，遠遠傳來粗獷的聲音。難以想像那道擾民的排氣聲響，和小熊的Super Cub以及前幾天騎乘的Cross Cub屬於同系列車種。

不知道是跟小熊一樣無法忍受高溫，或是閒到發慌了，只見禮子騎著Hunter Cub而來。

小熊向進到店裡來的禮子說道：

「我們去爬富士山吧，這次要登頂。」

禮子瞠目結舌。並不是因為小熊口中這番話出乎她的意料，而是驚訝於自己想說的話被小熊搶先一步講出了。

隔天，小熊與禮子騎著自己的Cub，再度動身前往富士山。

她們沒有做什麼了不起的準備。小熊的車只有裝上閒置在禮子家的越野胎，並更換前後鍊輪來調高齒輪比罷了。而禮子的車，則是把會妨礙到騎乘險路的鈦合金短版排氣管等幾項改裝零件，換回了原廠配備。

她們身穿的衣物是學校運動服，內衣褲則遵照慧海的建議換成羊毛製品。為了在八合目之後的高處穿上，她們還把冬季的連身滑雪服堆上車。

鞋子讓人有點拿不定主意。考慮到推車行走的過程，這趟騎車登山之旅的運動量會比徒步來得多。她們過冬用的厚重皮靴會令腳底感覺遲鈍，可是穿運動鞋又會覺得不太踏實。

小熊再次向慧海尋求建議，於是她推薦了工具店或大賣場所販售的普通分趾鞋。

在明治時期，有位登山家反抗著當時身穿豪華裝備進行奢華旅遊的登山者，穿著分趾鞋踏遍了無數的高峰。在大學汽車社等業餘賽車手之中，也有不少人會選擇分趾鞋當成練習所穿的鞋子。

小熊等人在打定主意那天便做好準備，隔天就開始攀爬富士山。雖然沒有工作人員同行和攝影過程的束縛，這趟爬得很自由，不過到了上回放棄的八合五勺之後的路，便是一連串的漫長苦戰。

兩人在甚至難以站立的陡坡合力推車，摔倒過好幾次。又是險些被彷彿蟻獅巢的地形吞沒，或是車身被突如其來的山風給吹了起來。儘管遇到這些困境，小熊與禮子依然跨越了九合目的鳥居，在沒有借助山中小屋老闆開著履帶車的幫忙下登上山頂。

雖然小熊在半路上拆解化油器調整了設定，不過Cub在高山環境終歸不如電子控制式的Cross Cub。她之所以能夠魚目混珠地騎上去，是因為活用了騎乘Cross Cub跑過一次的經驗。禮子也似乎因為短期之內二度攀登的關係，高山症的發作延緩了許多。

因登山季節而人滿為患的山巔，觀光客的視線都集中在兩輛Cub上。這時小熊從日本最高處俯視著地表，同時撫摸著遍體鱗傷地爬上來的機車。

直到剛才都累癱的禮子得意忘形地說「下次就是冬天的富士山了」，而小熊這才注意到自己開始覺得那也不賴了。

在玻利維亞或智利等地，人們會在比富士山頂還高的地方打造一座城市過活。縱使是在那種環境之中，Super Cub也會載著人們奔馳吧。

因此在哥倫比亞的販毒集團之間，讓槍手坐在Cub之類的小型機車後座動手殺人，是最為十拿九穩的常見暗殺方式——禮子還透露了這個令人不怎麼開心的消息。

利用Super Cub登山所需的技巧及順序，和騎著Cross Cub到半途為止大同小異。可是，小熊覺得那些多了幾許的難關，讓她稍稍窺見到慧海口中所謂的冒險。對小熊來說，Super Cub不僅是日常移動的便利生活工具，也是為了有能力進行最恰當的生存選擇所必須之物。這點只存在於機車身上，世上無數的交通工具都沒有。

發揮出有別於攀爬的速度，小熊操縱著機車輕快地馳騁在推土機道上。她只花了數十分鐘便跑完徒步登山客得花費數小時的下山路線，並注意到自己離不開這輛Cub了。

33 年輕人

自己搞不好做了件蠢事。

小熊後知後覺地望向自個兒的機車。

裂開的前照燈、連同安裝板一起失蹤的方向燈，還有護腿板、前擋泥板、側蓋等樹脂零件全都破損了。

雖然禮子表示車體本身和引擎平安無事，可是燈光不全等疏於保養的行為卻是違規的——記起這件事的小熊，制止禮子騎著車身同樣千瘡百孔，輪框還變形了的Hunter Cub打道回府。

小熊猶豫起該怎麼帶著無法上路的車子回去時，想起在當地中古車行買下這輛Cub的時候，合約書上頭的手寫字載明了有意外狀況的免費救援服務，於是她拿起手機撥了通電話給車行。

小熊告知接起電話的中古車行老闆車子無法騎乘一事，並告訴對方自己目前的所在地為須走五合目。對方只說了一句「距離很近，我現在就過去」，便掛斷了電話。正如老闆所言，之後大概過了一個多小時左右，他便開著老舊的日產Sunny卡車出現了。

光頭老闆從小客車尺寸的卡車下來，望著停駐在五合目停車場的兩輛Cub說：

「妳們是騎車飛來的不成？」

雖然屬於免費服務的範圍，老闆願意來還是令小熊很感謝。她深深鞠躬表達內心謝意後，回答道：

「我們是從更高的地方下來的。」

離這兒區區數公里的富士山頂，可以將飛在空中的小型飛機或直升機納入眼簾。對小熊跟禮子來說，那是個能夠在咫尺之處感受到宇宙存在的地方。

老闆表示要順道載禮子的Hunter Cub一趟，於是她立刻動手把車子堆到卡車上。假如是大型重機的話就需要吊車，不過Cub連銜接卡車與地面的斜板都用不著拿出來，靠小熊及禮子就抬得上去了。

她們兩人不久前，才在腳下一滑便可能有生命危險的陡坡上，冒著和隆冬時節相等的寒風，反覆做著一樣的事情。

老闆拿著貨物綑綁帶，俐落地固定著堆上貨架的Cub。小熊仔細地觀察著順序，以便下次發生這種狀況時能夠自行處理。

禮子拍打著正在固定的Hunter Cub說：

「我的車況如你所見。不曉得有沒有不錯的殺肉車呢？」

忙著動工的老闆，低下頭來略作思索地說：

「勝沼的解體廠進了一輛Huntet，應該也有ＡＡ01吧。」

由於老闆是摸著自己的Cub這麼說，小熊便明白那個ＡＡ01是指Super Cub的型號了。大概是在叫料的時候會派上用場吧。

心想總之該向來拖車的老闆報恩，可是卻又不知如何是好的小熊說：

「那家解體廠的零件……」

話說到一半，小熊發現自己不曉得這個從買車時到現在都很照顧自己的老闆叫什麼名字。她迅速瞄向老闆身上那件連身工作服的名牌，接著說：

「我會到篠先生……您的店裡買。」

看來篠這個稱呼沒有叫錯，只見老闆確認著車子的固定，並說：

「修好它需要幾樣橡膠零件和全新的配備，那些東西在我們店裡買就好了。我應該能幫妳打個八折。至於解體廠的零件，我會先去談好讓他們秤斤論兩賣。」

禮子人在表達感謝的小熊身旁，說著「篠先生，就賣我們七折嘛～」這種沒禮貌的話，因此小熊很想乾脆讓她被綁在卡車貨斗上，和Cub一起載回去好了。

支援完小熊等人的機車登山行之後，依然繼續來回山頂工作的小屋老闆，駕駛著履帶車而來。

小熊與禮子的機車，原本照那種狀況來看根本無法騎回去。見到她們的車平安被人接走，感到放心的小屋老闆對中古車行的篠先生說：

「她們真是亂來一通耶。騎機車的年輕人全都是這副德性嗎？」

篠先生嘻嘻一笑，站在小熊身旁說：

「是的，我們這些年輕的騎士老是在胡搞瞎搞。」

小屋老闆在二十來歲時因凍傷而失去所有腳趾，後來便開始支援造訪富士山的登山客。這樣的他在禮子旁邊搖動著那顆白髮蒼蒼的頭，回道：

「我們爬山的年輕人也是一樣。」

小熊跟禮子這個既亂來又給人添麻煩的挑戰，搞不好將會讓一名年齡稍長一些些的少年，重新回到登山的世界也說不定。

34 火柴人

小熊及禮子那兩輛車體到處都有所破損的Cub，暫時先擺在篠先生的店面後方了。

在修理期間，篠先生會出借這個地方給她們用。該處附有聊勝於無的遮陽棚，氣溫超過三十度。雖然和涼爽的富士山有著天壤之別，不過聽說東京都內的溫度已經接近了三十五度，小熊便覺得總比那邊要來得好一點。

現在的季節才剛過夏至不久。時鐘所告知的時間才正要從傍晚來到夜間，天空還很亮。早晨從山梨騎著Cub攀爬富士山，剛剛才利用步行、電車及巴士回到這裡的她們，儘管慘況不如車子，身子與衣服仍然到處是傷。

「之後怎麼辦？」

面對小熊的提問，立刻檢查起Hunter Cub破損位置的禮子答道：

「零件行已經關了，不過我會盡可能處理。」

小熊也蹲在自己的車一旁，拆卸起光看就令人想到破財維修的損毀零件。

那天她們一直動工到天色昏暗後店家打烊為止，目前知道了需要更換的零件為何。兩人所需的東西，寫滿了篠先生拿給她們用來謄寫的便條紙。

小熊與禮子列完零件清單後，便隨著店家反覆無常的關門時間一塊兒被篠先生趕出去了。篠先生只提供了兩人一輛代步車，因此她們倆是騎著外借的Cub90雙載回家。

離開前，小熊等人把墊圈、汽缸墊片、燈泡等需要新品而非二手零件的東西寫在另一張紙條上，交給了篠先生。雖然禮子要人家盡可能快一點，不過篠先生快速地掃過清單說：

「不用著急，Cub的零件每家材料行都有庫存。如果是消耗品，我們店裡也有。」

像小熊和禮子這種基於個人興趣或實用狀況騎乘的人姑且不論，為了那些採購Cub進行商業使用，光是因車輛故障等問題一天沒得用就會蒙受莫大損失的事業主，廠商會讓各個地區所設置的材料行，亦即零件流通據點，保有充足的Super Cub零件。

儘管材料行主要是針對維修保養業務的相關人士進行販售，散客要前往購買的門檻稍微有點高，但只要尊重應當遵守的規矩和交易方式，倒也不會買不到。

小熊讓禮子騎著代步的Cub90送自己回到日野春站前的公寓，並對她做好明天的約定後揚長而去的背影揮手。明天一大早小熊要從家裡出發，到位於甲府隔壁的勝沼解體廠購買零件。

進入公寓室內的小熊，明明裡頭的東西絲毫沒有任何改變，卻不知怎地覺得心底不太踏實。平時只要從窗戶向停車場望去便會存在的Cub，如今卻不在那裡。

小熊腦中浮現出明年將要就讀的八王子大學，還有那邊的學生宿舍。生活一切所需都位在徒步圈內，沒有必要騎車的城鎮，以及禁止騎車的公寓宿舍。

也許自己很快就要開始過這種生活了。小熊暫且把這個念頭塞入腦中深處。

脫下運動服的小熊，先是把洗好的米跟水一塊倒進煮飯神器裡，再放到瓦斯爐上點火加熱，接著去沖了個澡。見到身體各處的傷痕，還有耳朵及頭髮裡跑出來的富士火山灰，小熊露出苦笑。

當她從浴室出來時，飯便煮好了。拿白飯和煙燻牡蠣罐頭解決了晚餐的小熊，一鑽進被窩後，就像是被拖入地底似的深深入睡了。

隔天早上，小熊和騎著代步用的Cub90前來接她的禮子，兩人共乘一輛車前往勝沼的解體廠。

根據道交法的規定，取得機車駕照超過一年後，便可以雙載上路。暑假後半段才考取駕照的小熊要再等幾個星期，那天才會到來。等暑假過後自己能夠雙載的話，要載誰好呢——小熊略作思考。

不論願不願意，到最後都得載禮子吧。偶爾也該讓她自己坐在後座品嘗一下，過彎時車身傾斜到幾乎要磨到腳踏桿的恐怖。椎明明自己有車，可是一定會說「請妳載我一趟」。她八成會故意在自己面前跌倒，哭喊著沒辦法以受傷的腳操縱Cub，同時偷瞄過來。對這樣的椎說一聲「妳要來搭後座嗎？」，看看她熠熠生輝的雙眼也不壞。

不曉得慧海怎麼樣呢？雖然有必要的話，她會搭乘電車或母親駕駛的雪佛蘭卡車，但基本上慧海討厭利用動力機械移動。即使小熊開口邀請，她也鐵定會冷冷地回絕掉。不過，只要糾纏不休地反覆拜託，或許她就會屈服而坐上後座也說不定。一想像起慧海有可能露出的許多種表情，就連過程也令人期待了。

就在小熊做著有點甜蜜的幻想時，禮子騎的Cub通過甲府，來到勝沼的解體廠了。

這裡有一座地方政府命名為水果前線的果樹園。從甲州街道騎進穿過其中的廣域農道後，立刻就能看到解體廠。那兒的老闆是名沉默寡言又面無表情的男子。隔著工作服可以瞧見他的身子沒有明顯的凹凸曲線，猶如火柴棒一般。

令人聯想到盧卡斯電影裡出現的機械人，這名解體廠老闆指著腹地深處，在戶外堆著許多輛機車的地方說：

「CT。」

看來篠先生有事先聯絡過他。她們明白到，禮子這輛解體廠鮮少收到的外銷專用車款CT110Hunter Cub，就位在眼前這個狀似棒子的男人所指的方向。禮子立刻從騎來的Cub90前車籃裡頭抓出工具，朝那個方向走去。小熊對這個不曉得聽不聽得懂人話的火柴人打了個形式上的招呼後，便追著禮子的背影而去。

小熊與禮子兩個人從擱置在外頭的Cub上拆卸必要的零件。報廢的Hunter Cub外表既漂亮也沒有缺損，於是禮子便跟想把它整輛搬回家的誘惑作戰著。稍稍環顧一下，就發現小熊騎的那輛ＡＡ01型Cub有好幾輛報廢車，因此挑到了狀況不錯的零件。

廠商用地內堆放著因油汙而看不出原本顏色的超市購物籃。小熊及禮子把零件放入籃子，而後走到火柴人坐著的頂棚底下。先前都在擦亮著某種零件的火柴人，以髒兮兮的手接過籃子，放在業務用的秤子上。接著他拿計算機算過以公斤為單位計價的金額，再把寫著數字的便條遞給小熊她們。

小熊的錢包裡正好有足夠的零錢，她很感謝能剛好拿出分毫不差的數目。這並不是因為她討厭對方用髒手找錢，而是這個地方看不到收銀機之類的東西，眼前這名火柴人是否能拿出並遞交經計算後數目相符的零錢都不曉得。

不會察言觀色的禮子開口要老闆去零頭取整數，但小熊從一旁拍打她的屁股，讓她依重量支付了款項。

火柴人結完帳後，便速速回到手邊的零件修理工作上去。那肯定是他的備用手臂或什麼吧。

奇妙的火柴人所經營的解體廠，讓小熊與禮子以超乎所料的便宜價格買到了必要的二手零件。踏上歸途的她們感覺都快因大熱天騎車而中暑了，因此兩人決定逃進冷氣涼爽的甲府家庭餐廳去，在那兒吃午飯。

面對穿著幹活用的運動服，模樣汙穢不堪的小熊和禮子，店員依然一臉笑盈盈地替她們點餐。即使兩人入座之後，店員也是頻頻前來收盤子，或是替咖啡續杯。

無微不至的服務讓小熊有些心煩。她心想，假如這位店員像方才那位解體廠老闆一樣是個機械般的火柴人，那麼這間店鐵定會成為自己的心頭愛吧。

35 使徒

當學生和社會人士的午休時間結束之際，從勝沼的解體廠回來的小熊與禮子，在篠先生的店後面開始動手進行Cub的修繕工程。

夏季陽光透過運動會使用的那種遮陽棚照射而來，但只要有意忽視，目前的溫度倒也不是無法忍受。無論是上半身汗水淋漓，或是擱在棚子外的工具箱燙到沒辦法徒手碰觸，都得要修好Cub才能回去。

修理工程本身進行得很順利。她們倆的車在引擎、車架、驅動零件等車體的主幹部位都沒有受損。

雖然是為了完成半途夾著尾巴逃跑而進行的富士登山挑戰，但小熊沒有蠢到會弄壞自個兒修不好的部分。

禮子從扭曲到無法筆直行進的輪框拆掉輪胎，再換上解體廠買來的東西。她多半已經鑽過了蠢蛋的入口吧。

今天的工程基本上只要把損壞的零件，換成在解體廠購入的物品即可。多虧昨天已經完成了某種程度上的拆卸工作，因此修復作業相當順遂。

事前所列出需要更換的零件，統統在解體廠買齊了。而必須全新安裝的新零件，篠先生也依照昨天所說的，都替她們跟材料行買來了。工具方面，小熊去年夏天買了一千圓的工具組，再加上不時會在即售會或二手商店添購，所以無須動用篠先生貼心地放在那兒的外借工具。

小熊把碎裂的側蓋及護腿板，換成在解體廠挑到的漂亮零件。而折斷後只剩下電線繫在那兒晃啊晃的方向燈，則換上全新的燈殼及燈泡。

原先到處都有損壞，比起停車場更適合丟在垃圾場的Cub，轉眼間便經由自己的手逐漸復活了。看見此景，小熊了解到篠先生所言不虛。保養機車這檔事，事前準備才是最重要的。所謂「事豫則立」說得真是對極了。

在夏季漫長的白天結束前，修繕工作便完成了。約好僅提供場地給購買零件的客戶當成服務的篠先生，前來進行工程的最後確認，但並未發現異常或不完善之處。

小熊和禮子每當收工的時候，都會去檢查彼此的車。篠先生對她們兩人的手腳之快感到佩服。

整理並打掃過保養空間的她們向篠先生道過謝後，便騎著修好的車子各自回家了。八月才剛開始而已。禮子明天起要回老家，討論高中畢業後的出路。

小熊也有事情要辦。這件事也關乎出路。

隔天，小熊一大早便騎著Super Cub到韮崎車站附近去。

小熊之所以接下雜誌企畫的富士登山行這份危險的差事，理由就在這兒。她將在此處把對方匯來的豐厚酬勞，以及先前累積學貸和打工薪水所存的一大筆錢花光光。

汽車駕訓班。

小熊活用Super Cub這個生活工具之餘，不記得自己成了Cub的使徒。對她而言，小型車駕照是拓展自身可能性的必要之物。即使只看求職方面，是否有汽車駕照也會大相逕庭。為了應付騎車時在外頭忽然故障，或是在解體廠找到良好車體的狀況，能夠開車載運還是比較好吧。

好不容易確定能受到推薦就讀大學，而且學校顧慮到考生並未出太多作業。高中最後的暑假要特地花時間到駕訓班教室上課，小熊不清楚這樣的時間運用方式是否正確，只是覺得現在非考取不可。

等到變成大學生之後，也不曉得自己在陌生的東京生活之中，擠不擠得出時間金錢到駕訓班去。而且既然要上課，那麼車子比東京少的山梨會較為輕鬆吧——如此判斷的小熊，便開始查詢駕訓班的資訊。

活用了學生方案及機車駕照持有者的折扣後，在允許的往返範圍內有幾所駕訓班的價格勉強可以接受。不過小熊認為，以前考到機車駕照時上過的韮崎駕訓班，自己熟門熟路的會比較理想，於是幾乎把戶頭裡所有存款都砸到駕訓班櫃檯去了。

時間姑且不論，她的花錢方式並沒有錯。這筆開銷，鐵定會在未來產生莫大收益。

在考機車駕照時也體驗過的駕訓班課程稍嫌無趣，但坐在隔壁的老婆婆很愛閒聊，直說這是一次新鮮的經驗。

「因為我都到了這把年紀，還能跟現任女高中生在同一間教室上課呀！」

等到新學期開始後，小熊將會在清一色高中生環繞下，被迫上著比駕訓班更無聊的課。一旦成為社會人士，就會有那種感覺嗎？——如此暗自心想的小熊望向窗外。她看見了開在駕訓班用地內的教練車。

「而且還有體育課呢。」

老婆婆似乎對接下來要進行的道路駕駛課程感到頗為起勁。

「我得想辦法以這輩子從來沒有無照駕駛過的感覺來開車哪。」

忍不出笑出來的小熊被教官給瞪了一眼。老婆婆只有雙手合十，以手勢道歉。

隔天，不曉得是要為昨日的事情賠罪或是釋出善意，老婆婆帶了一份奇妙的禮物給小熊。那是Coleman的露營瓦斯爐，比禮子擁有的丁烷瓦斯爐大了不少又沉重。簡直像是從昭和紀錄片中跑出來的綠色爐子，好像能使用汽車的標準汽油。

老婆婆以一副順便的感覺，給了小熊一張名片。她的本業是靜岡的大樓業主，而在名下持有的大廈一樓開了一家戶外用品店。她之所以會選擇韮崎的駕訓班而非靜岡，據說是因為距離別墅很近的關係。

雖然老婆婆表示「反正這東西沒人要用」，可是這爐子感覺貴到讓人不好意思免費收下。儘管小熊起初婉拒，最後還是被老婆婆半強迫地塞了過來。她把一塊兒遞來的名片，放進收著駕照的皮革口金包裡。

搞不好這張名片更有價值也說不定。要小熊若是在靜岡找不到工作餬口時隨時聯絡自己的老婆婆，比她還早一點從駕訓班畢業了。

利用整個八月上汽車駕訓班的小熊，在暑假即將結束之際考取了普通小型車駕照。

儘管不得已花費了大把時間與金錢，不過這下子自己在世界上能做的事情就大幅增加了。關於日後出路方面，獎學金支付及指定校推薦手續也大致辦妥了。接著只要簽學生宿舍的入住契約即可。一度損壞的Cub也運作得很順暢。

小熊的人生消費方式並沒有錯。

36 異音

第二學期開始的第一個星期天，小熊與禮子搭乘列車到了東京去。

暑假期間，她們倆參加了以Cross Cub攀爬富士山的計畫當成打工。

責任編輯捎來聯繫，表示報導原稿和要發布影片的影片完成了，希望她們到公司進行檢查。於是兩人利用對方寄來的中央線特快車對號車票，前往位在東京的出版社。

禮子本來說東京這點距離就騎車去吧。只要把特快車票換成現金，即使扣掉來回油錢都還剩不少。老家在東京的禮子，以及多次到八王子探勘學校的小熊，都不認為騎車到東京這個與山梨相鄰的城鎮有多遠。但她們覺得正因如此，假如只知道怎麼透過Cub移動，會讓自己變成一個眼界狹窄又封閉的人。

最後小熊說服了禮子，兩人決定一道從韮崎坐特快車前去。剛開始禮子對剪票口的繁複手續，還有得在月台或列車內等待出發的移動方式抱怨連連，不過坐在空調涼爽的對號座上吃著半路所買的超商便當並眺望著車窗的時候，她的心情也轉好了。中央線特快車的舊式車輛散發出一股特殊氛圍，那是即將功成身退的物品獨有的。禮子看似對這種氣氛很樂在其中。

好一陣子與搭乘列車無緣的小熊，也想把它當成一次新鮮的經驗品嘗一下。光車票是由出版社的經費支付而不用傷到自己的荷包，就令她覺得賺到了。列車和依靠個人意志及責任自個兒駕駛上路的Cub不同，所有一切統統都是交由別人處理。偶爾這樣子也不賴。

小熊還有另外一個想利用列車到東京的理由，但她決定之後再去思考這點。

到東京的列車之旅相當短暫。僅有前半段能夠到享受有如沉浸在觀光氣氛的車窗景致中，之後無論是路線或窗外風光都變成通勤電車的模樣了。就住在山梨的小熊眼中看來，車站的間隔短得異常。就在列車跳過了幾站後，漸漸接近了距離出版社最近的新宿車站。

車內的對話主要是在談禮子的出路。她再過半年就要從高中畢業，可是卻什麼也不想做。禮子為了把這個想法告知雙親，說服並獲得他們的諒解而回到老家，結果她父母不但沒有反對禮子不願升學就業的念頭，還提供了許多使它有可能達成的選項。

重考、出家、在家學習、從事家業、藝術活動——禮子在這當中聽見「流浪」這個詞彙的瞬間，便覺得有如獲得了天啟一般。

以前當禮子猶豫該寫什麼內容在升學就業調查表之中時，她依照小熊所給的建議，捏造了「為準備留學而學習語言」這個煞有介事的場面話。因此她掛著一臉未來出路的問題已經悉數解決的表情。

就算問她之後要怎麼辦，也沒有意義吧。小熊很清楚，禮子的個性就是不會未雨綢繆。禮子的雙親八成也是這麼想。在這個世上，也有人會對自己未來一切統統規劃好的生活感到窒息，覺得難以忍受。

禮子這次開口詢問小熊將來的打算，於是小熊便回以「除了學生宿舍的入住契約之外，獎學金給付手續和大學指定校推薦所需的文件都處理完畢了」的答覆。

感到不解的禮子，聽聞小熊答覆說那棟宿舍禁止騎機車，便伸出一隻手做出掃開眼前事物的動作，同時毫不猶豫地說道：

「那不成問題呢。」

我還在遲疑——當小熊正想這麼說的時候，列車便抵達新宿車站了。

離開車站後在新宿站西口步行一陣，走進位在現代化大廈裡頭的出版社時，小熊似乎因為自己的打扮而覺得有些自卑。在暑氣猶存的東京都內，小熊穿著牛仔褲和白色丹寧襯衫，禮子則是卡其褲和袖子裁短的深藍色休閒服。儘管她們的外表讓人聯想到電影《第三集中營》的麥昆，不過出版社用地內並沒有必須騎機車飛越的鐵絲網。或許某個地方有戰俘營也說不定。

總而言之，不論做何種服裝打扮，小熊與禮子都發揮了有事前來所該具備的精神，在櫃檯確認預約後，借用了入館證。她們被帶到出版社的會議室去，將在那裡開始檢查報導。

因為報導禁止帶出公司的關係，需要小熊她們親自前來確認，但這只是形式上的程序。沒有雜誌報導相關知識的兩人，頂多只能指出Cub術語上的錯誤。

在企畫階段動不動就會寫到的「富士山登頂」這個說詞全都被刪得一乾二淨，報導已經替換成「兩名女孩子實際騎乘並介紹推土機登山道這個富士山所不為人知的設備」這樣的內容了。放眼完全看不到她們為高山症而苦的描述，感覺就像是一個稍微與眾不同的景點觀光行程一樣。

將用在雜誌社節目之中的影片，也要配合文字內容處理。有幾個地方，他們要替小熊和禮子配上與現場實際有所差異的台詞，因此還錄了音訊素材。

伴隨著檢查報導內容而來的工作一下子就完成了。當她們處理完報酬相關文件後，女性編輯便遞了一個小盒子給小熊。小熊接過來打開一看，發現是智慧型手機。

「小熊，妳還是用傳統手機對吧？我想說如果妳不嫌棄的話，要不要接收我們同事不用的智慧型手機。妳那款傳統手機只要拔下SIM卡插到這支手機來，應該就能用了才對。」

根據她所言，編輯部當中有位負責電子產品報導的人。對方基於職業需求，必須隨時使用最新款的智慧型手機，但他在買來替換的時候忘了辦理舊換新手續，因此多了一支幾乎沒有用過的新款手機。

自從開始養車後，小熊便覺得若是能夠透過網路收集情報，將會十分便利。然而，她在二手店稍稍瀏覽過智慧型手機的價格後，就曉得那不是自己伸手可及之物。既然能夠免費收下，那就正合她意了。

禮子所用的機型，要比女性編輯出讓的那支還舊一點。見她露出羨慕不已的眼神，小熊趁著被她從旁搶走之前，心懷感謝地收下了。

小熊當場試著更換SIM卡，看來運作和通話沒有問題。由於電信合約的關係目前無法上網，不過只要去更改契約或換一家便宜的電信商就行了。

大致完成的要事後，小熊與禮子離開了出版社。這下子因參與雜誌報導製作的打工所被賦予的義務性工作就全都完成了。不僅如此，小熊還出乎意料地獲得了一支智慧型手機。

儘管幾乎耗掉整個星期天，她卻不覺得自己吃虧了。就在禮子於回程的特快車上教她如何操作手機時，列車抵達了韮崎。

小熊原本想在去程車內說出選擇特快車而非Cub的真正理由，但她現在不想講了。

在出版社寄車票來的幾天前，騎車通學的小熊在來往過無數次的路上發現一件事。Cub傳出了些微異音。那顯然是Cub迄今未曾發出來過的機械噪音。

小熊不願承認，這點讓她猶豫起要不要上路騎一段比平時還長的距離。

迎向星期一後，小熊正打算一如往常地騎著Cub上學。儘管車子近日發出異音，要上學或到附近購物也都不成問題。

她轉動鑰匙踩下腳發啟動桿，可是車子引擎卻沒有發動。

小熊的Cub不動了。

37 松竹梅

無論小熊踩了多少次，Cub也只是發出隨著腳踏桿動作而產生的輕微聲響，絲毫沒有主動運作的意思。

小熊只有聽到從前幾天開始就一直很介意的異音。好像老鼠在咬著什麼東西似的。

出動先前所有的記憶和經驗，結果小熊回想起沒油時的事。她抬起座墊看向油表，只見指針停在八分滿左右的位置。用不著懷疑是油表故障，只要以手掌觸摸座墊底下的油箱，就能從冰冷的觸感知道裡頭裝有足夠的油料。

確定油杯開關的位置在ＯＮ的小熊，想到嚴冬時期的早晨車子會難以發動的狀況，於是拉起左邊把手底下所裝設的阻風門拉桿再次踩發，不過引擎依然點不著。

異音依舊從某處傳了出來。會是引擎某個重要部分被啃咬掉了嗎？

小熊回憶起曾經問過禮子的事。因莽撞的騎乘和改裝時常把車子弄壞的禮子說過，機車引擎固然有無數的故障原因，但直到剛才都在運作的引擎忽然不動的時候，不是燃料就是點火出了問題。

小熊了解到，像這樣大致區分故障部位來抓出問題是很重要的一件事。話雖如此，引擎內部異常也不是肉眼看得出來的——心中這麼想的小熊，蹲下去窺探位在白色護腿板內部的引擎，同時以手按壓腳踏啟動桿。

就在小熊集中起視覺與聽覺尋找發出老鼠異音的地方時，她發現了疑似病灶的東西——高壓導線。幾乎要斷裂的電線露出了裡面的銅芯，在護腿板和鐵板製成的車體之間漏著電。那陣像是老鼠在咬東西的聲音，原因就出在這條電線漏電所發出的火花吧。

猜不到有什麼理由會讓車子深處受損的小熊，想起了富士登山行的狀況。在屢次撞到石頭或自己的膝蓋後，護腿板就被弄壞了。

兼具引擎護罩功用的護腿板，在更換成解體廠發現的二手零件之前，到處都裂了開來，突出銳利的缺口。電線便是勾到或磨到其中一個缺口而斷裂的吧。小熊因護腿板發出的碎裂聲而沒聽見異音，導致錯過早期治療的時機。

小熊原本以為護腿板這種外裝零件與騎乘無關，就算壞掉也只是稍稍影響到外觀和防風功能等些許便利性罷了。這下子她明白到，機車零件是會彼此互相干涉的。某個零件的故障或破損，將會引發其他問題。
儘管知曉原因，這也不是有意願就能馬上修好的東西。小熊暫時先把買下機車前所騎的腳踏車拿出來，趕往學校去。
平時多半都會在上課鐘響前從容不迫地到校的小熊，今兒個卻是在打鐘邊緣騎著腳踏車前來。禮子見狀立刻露出一臉愛湊熱鬧的模樣，詢問箇中理由。
「我的車壞了。」
在她述說哪裡壞掉前就開始上課了。禮子在下課時間又問了一次，不過解釋起來感覺會很花時間，因此小熊只告訴她中午再說。
午休鈴聲響起，小熊與禮子偕同椎及慧海，集合到四個人平常的午餐空間，也就是停車場。
禮子坐在自己的機車座墊，而小熊則是被椎和慧海夾在中間，坐在水泥花壇上。雖然椎一副心花怒放的樣子，可是小熊總覺得光是自己的車不在這兒，物理上和心理上都有一種被禮子瞧不起的感覺。
即使無謂的自尊心作祟，車子也不會復原，總之小熊邊吃著拿煮飯神器一塊兒炊煮白飯和罐頭蛤蜊而成的午餐，並向禮子說明今天早上故障的情形。

禮子咬著長棍麵包裡夾著亞洲蔬菜和魚露的越式三明治聽著小熊說，而後並未多加思索就回答了。

「那麼，小熊小姐，今天小的為您備齊了松、竹、梅還有黃金修理方案，請問您要如何處理呢？」

別人的Cub都壞掉了，居然還敢用這種惹火人的方式講話，還真是有膽量——內心如此暗想的小熊，暫且先問了最便宜的方案內容。

「梅是百圓商店方案。用百圓商店的銅線插進高壓導線的銅芯處，將斷掉的電線連接起來。剩下的就是同樣利用百圓商店賣的ＰＶＣ絕緣膠帶纏起來就夠了。」

儘管是最低限度的處理，小熊卻覺得不太雅觀。再說，Cub的引擎及高壓導線位在雨水會直接打到的位置，絕緣膠帶能發揮多少耐水性及耐候性，這點令她很在意。

「竹呢？」

人在小熊左側的椎吃著番茄義大利麵，一臉興致高昂地觀望著她們倆交談。右手邊的慧海拿筷子吃著罐頭拿坡里義大利麵。與自己不相干的事情她不會插嘴，也不會產生興趣。縱使無法融入周遭的話題，她這個人也不會引以為苦。因此小熊才會坐在慧海的左側，擋在她和椎的中間。

注意著小熊與椎的視線，一臉得意洋洋的禮子喝了一口以煉乳所泡成的甜膩越南咖啡，回應小熊的問題。

「竹是大賣場的千圓方案。把高壓導線更換成汽車用品專區所賣的新品。」

小熊覺得這方案似乎還好一點。因為電線是由汽缸頭延伸出去，小熊實在不太希望把能夠成為外觀點綴的高壓導線修補得太過醜陋。拿紅色或白色的絕緣膠帶纏上一圈又一圈，會令她覺得好像在跟路上其他機車騎士挑釁一樣。

在禮子把哏表演完之前就結束話題實在很可憐，於是小熊姑且問了另一個方案。

「松呢？」

禮子滿心歡喜地答道：

「松是本田原廠零件的一萬圓方案！我們要連同線圈和火星塞蓋一起換成新品。」

「沒得討論。」

小熊光是考取汽車駕照就幾乎要把戶頭裡的錢花光了，她根本付不出那些錢。當她思索著「如果在材料行買，會是多少錢呢」的時候，這才注意到如今連前往材料行的交通工具都沒有。

以自行車或電車到得了的大賣場湊齊材料修復，果然還是最實際的吧。如此判斷的小熊，再次把吃到一半的午餐送入口中。

在修車的事情毫無眉目時，完全吃不出味道來的蛤蜊飯現在很美味。小熊的心中甚至產生了從容，有辦法側眼看向人在一旁吃著義大利麵的慧海那副端正的姿態。

該說是與她的體格相符嗎？椎似乎還沒有辦法吃得像妹妹慧海一樣優雅，只見嘴巴四周被番茄麵醬染紅的她，舉起拿著叉子的手。

「那個……在松竹梅上頭的黃金是什麼？」

小熊壓根兒給忘掉了。感覺話題就要在無人提問的情況下結束而掛著落寞表情的禮子，臉上綻放光輝。

「問得好！黃金方案是到改裝店買Nology或SplitFire的高性能導線組來換！線圈本身也換成Daytona、KITACO或武川的高電壓款式，價錢則是時價！」

「別鬧了。」

總之修理的順序確定下來了。小熊在下午放學後的回程，騎著腳踏車到距離牧原十字路口約一公里左右的大賣場，去購買高壓導線。

之後，小熊辛苦地踩著踏板，爬上Cub轉眼間就騎得上去的七里岩坡道。滿身大汗地回到公寓的她換上運動服，隨即開始動工。

火星塞蓋這頭的導線一拔就輕易脫落了，可是線圈那頭卻有點難搞。它的構造固定得很牢，難以更換線材本身。好不容易從線圈處拔下導線的小熊接上新品，再把為了施工而拆卸的各部零件重新組裝起來，接著懷抱著祈禱的心情踩下腳踏啟動桿。

也許是因為今天早上在無法點火的狀態下踩了許多次的關係，被汽油弄濕而導致燃燒不完全的火星塞剛開始不願點火，不過就在小熊反覆踩發後，車子發出了她所殷殷期盼的聲音。

見到Cub平安無事地啟動，並發出順暢的排氣聲，小熊不禁放心地嘆了口氣。她把作業空間整理完畢後，拿著工具箱回房間去。疲勞過度的她直接倒在地板上，就這麼深深地入睡了。

隔天早上車子順利發動，昨天的異常狀況簡直就像是騙人的一樣。騎著Cub上學的小熊，在即將抵達校門時碰上了許久未曾遇過的爆胎意外。

總之先下車把Cub推到停車場去的小熊，想起今天只有上午半天課，於是她將在中午期間前來修理爆胎。

心血來潮地打算幫忙動工的禮子，露出一臉奸笑問：「您需要什麼呢？」

小熊打開了車子後方的鐵箱。以補胎片黏起爆掉的內胎這個梅花方案略顯寒酸，而且也有可能再度爆胎。話是這麼講，更換成具備爆胎修復功能的原廠TUFF UP內胎這個松樹方案又太傷荷包，更別說是連同輪框換成無內胎輪胎這個黃金方案了。

小熊的車子後箱，隨時都和工具箱一起擺著原廠供應商製作的備用內胎，網購價八百圓。她拿出這條內胎的同時，回答道：

「我要選竹子方案。」

只要做出一個不至於奢侈或寒酸過頭的中庸選擇，今後就能繼續騎乘Cub。小熊如此說服著自己，並著手進行爆胎的修理工作。

38 勉強

過了九月中旬，山梨的暑氣也緩和下來，騎車在路上變得相當舒適。

小熊那輛從第二學期開始便屢次出狀況的Cub，之後安然無恙地運作著。

那大概就像是在替自己與禮子兩人危險的暑期遊戲收拾善後吧。小熊內心這麼想，同時打開最近獲得的手機來看地圖。

她從過去所擁有的傳統手機拔下SIM卡，插到這支中古的智慧型手機上。雖然收到的時候還不能上網，但她在那之後去更改了契約。小熊選擇了正好經常推出的學生促銷方案，上網和通話都能夠無限制吃到飽了。

從前得要透過學校圖書館的落伍桌電，或是跟禮子借手機才有辦法看的機車相關網站，現在隨時隨地都可以看了。也能夠立刻查詢當下所見的事物，或是接下來要前往的地方。小熊心想：不是只有Cub的零件或身上的配備這些硬體設施，能拓展自己的行動範圍呢。得到「資訊」這項軟體後，無論是騎車或保養的成本都會比過去低廉。

由於體恤考生的關係，今天只有上午半天課，可以把整個下午都花在Cub上。就小熊拿手機查詢的資料顯示，天候十分良好，幹道也沒有塞車。氣溫與濕度都是適合騎車的理想狀況。

在班會結束的同時便衝出教室的禮子，隨即騎車到東京去了。她在暑假時，和小熊兩人一塊兒參加過雜誌社的打工。前幾天因為相關事務而到新宿去的時候，是選擇列車而非機車。小熊猜想，禮子大概是要消除這份不滿，或說是失敗感吧。

椎羨慕不已地望著禮子揚長而去的背影，接著立刻騎著Little Cub回家，準備讀書應考。小熊在指定校推薦之下，很早就決定要成為東京的大學生了。為了透過一般考試的管道獲得這個身分，椎想盡辦法努力著。

慧海一如以往地不曉得徒步到哪裡去了。她甚至不會告訴小熊自己的行蹤及目的，不過回來的時候，常常可以看到她鞋底沾著只會出現在高山林木線以上的暗灰色土壤。

小熊再次看向手機所顯示的地圖。儘管她腦中思索著該騎著哪條路上哪兒去，也全然想不到該去哪裡好。

她回顧起去年的這個時候，也就是自己還在讀高二時。當時她挾帶著要在即將來臨的冬天前把能騎的路統統騎遍的氣勢，幾乎天天都像是短程兜風，又或是漫無目的地徘徊。

才剛買車半年多的時候，Cub與小熊的許多部分都還像白紙一樣新。那陣子小熊根本沒有智慧型手機這種東西，她本人的經驗也比目前短淺，不過正因如此，騎車上路本身就是一連串的新鮮經驗。當她馳騁在沿著山脈稜線鋪設而成的小路時，甚至覺得Cub會就此長出翅膀，像鳥兒一樣在天空中飛翔。

她還以為只要有加油，Cub可以就這麼騎下去，永遠不會損壞。

小熊有自覺到，如今的自己和去年已經不同了。不僅對Cub這種機械的相關知識變多了，也上路累積了不少騎車經驗。附帶一提，現在她還有智慧型手機。

所以，她才無法忘懷前陣子的故障。

車子引擎忽然發不動的問題，實際動手修理才發現只是單純的高壓導線斷裂。小熊原本認為很倒楣，不過事後想想才發現，不論是在自家公寓停車場故障，或是問題尚在自己處理得來的範圍，都是難能可貴的幸運狀況。

假如故障是發生在騎乘時、上下學或順路購物的途中、自己未曾去過的遙遠城市，或是機車拖吊業者也無法出動的山中林道的話——

小熊曾經聽聞過好幾次，有人會在這種情形下放棄修理或拖吊，只把車輛報廢手續所必須的車牌給帶回來，機車就丟在原地。如同有人會略顯驕傲地對周遭述說這件事，也有的人會因為問題發生在不該發生的瞬間，而沒有辦法活著講出來吧。

一旦發生意外的話，就算毫髮無傷，迄今在學校腳踏實地累積信用才獲得的指定校推薦，或許會就此告吹也說不定。搞不好還會無法繼續高中生活下去。

據說世上大部分不幸的狀況，都只要乖乖待在家就不會遇上。目前的小熊，對騎車出遠門一事變得很消極。

明明騎在能夠到天涯海角的Cub上，她卻不知道自己該上哪兒去才好。

騎久就會壞，還會發生意外事故——小熊事到如今才了解到機車這種交通工具的危險性，以及要不斷騎下去的困難之處。於是她哪裡都沒有去，只是回到公寓並將車子停放在停車場裡。

抽起鑰匙，再從後箱拿出上學用背包的小熊望向天空。自己可能很久沒有在日正當中的時候直接回家，完全沒有往外跑了。似乎覺得陽光過於刺眼而低下頭的小熊，視野裡映出一個不吉利的東西。

停駐Cub的水泥停車場裡有一灘黑色汙漬。小熊蹲下去一看，才發現那並非水漬亦非汽油，而是機油。

沾染機油的地面濕淋淋的。表示那不是其他機車或自行車所滴下來的東西，是小熊的車子正在漏油。

小熊把臉靠近引擎，試圖確認漏出機油的地方。她的腦中浮現出必須修理或更換引擎時的高額費用，不過詳細數字她完全沒有頭緒。

小熊掌握到漏油的部分了，是引擎前端叫汽缸頭的地方。最上面有四顆螺帽固定著像蓋子一樣的東西，漏油的就是其中一顆。螺帽的承載面夾著鐵製墊片，只有一片和其他三片的顏色不同，是採用銅製材質。機油便是從那顆螺帽滲出來的。

小熊立即拿出手機，運用各種不一樣的關鍵字來搜尋。其他的Cub似乎也會不時發生從汽缸頭螺帽漏出機油的狀況。位置則和小熊的車漏油的地方相同——也就是採用銅製墊片的螺帽。這兒不僅是固定汽缸與缸頭之處，也是機油流經的通道。一旦因長期騎乘造成的引擎負擔或年久失修導致螺帽鬆掉，就會漏機油。

對應及修繕方式，便是將鬆掉的缸頭螺絲重新鎖緊。知道光是這樣似乎就能修好，小熊鬆了一口氣。公寓內的鞋櫃附近，擺著一個比堆在車上的工具組還大了一圈的鐵製工具箱。小熊先是回到公寓內拿工具箱，才回到停車場來。

她取出梅花扳手套在螺帽上。由於小熊放學回來還沒換下制服，因此沒辦法好好採取穩定蹲坐在地上的姿勢。認為只是鎖緊四顆螺帽這樣就綽綽有餘的小熊，依序將它們鎖好。

最後是漏油那顆銅製墊片的螺帽。要是不確實鎖緊，又會故態復萌。可是她利用手機所看的保養體驗記上頭寫說，不可以鎖得太緊。

當小熊以蹲姿轉動螺帽的時候，雙腳一個失去平衡，右半身的體重一瞬間全都承載在扳手上面。為自己幸好沒有直接跌倒在地而感到放心的小熊，發現握著扳手的掌心傳來了奇怪的觸感。這顆的手感要比其他螺帽來得輕。

一定是因為其他三顆螺帽底下所夾的是鐵製墊片，只有這顆是銅製的關係——如此認為的小熊感到突兀。這是因為，即使她比另外三顆多轉了半圈，這顆夾著銅製墊片的螺帽卻沒有緊緊鎖好的感覺。

當小熊想說再鎖一下看看的時候，怪異的觸感再次傳了過來。那感覺並不像是利用螺帽鎖緊鋼製螺栓，而是有如打開罐裝飲料拉環時，扯斷了某種東西一般。

受到不安驅使的小熊打算把扳手從螺帽卸下的時候，螺帽也跟著一塊兒下來了。

螺栓的前端，就這麼卡在螺帽上。

銅製墊片掉到停車場地上。這下子小熊明白到，自己用螺帽把突出引擎主體的螺栓前端給扭斷了。

小熊拿著扳手呆立在原地。一個單純鎖緊螺帽的工程，卻給引擎造成了嚴重傷害。她慌慌張張地取出手機，用骯髒的手四處搜尋，結果發現有人報告過同樣的案例。

埋在引擎主體內的螺紋栓有辦法更換，可是那必須拆掉引擎上半部才行。至今只有換過外觀一些小零件的小熊，根本不可能分解引擎。

小熊混亂的腦袋中，浮現出一個愚蠢的想法。汽缸是由四顆螺帽所固定著，少了一顆螺絲應該也能毫無問題地運作吧？

滿腦子都是樂觀願望的小熊轉動起機車鑰匙，踩下腳發啟動桿。引擎順利地發動起來了。心想「果然不出我所料」的她催動著節流閥把手，結果引擎發出了像是爆震般的異音。

在停車場前的空地試騎的小熊，發現儘管起步很正常，加速的瞬間就會令引擎不穩定，導致車體劇烈晃動。她停下車子蹲在引擎前面一看，只見失去一顆螺帽的汽缸漏氣了，並從沒有螺帽的螺栓孔中流下了機油。

這下子她束手無策了。不知所措的小熊把車子放回停車場，在漏著機油的引擎底下鋪了一條抹布，然後才拿著工具回房去。

小熊就這麼直接躺在地上。她完全提不起勁做任何事。雖然她心中有「既然壞掉，那就應該了解故障的詳情，並調查修理方式」的念頭，如今卻也不想看有辦法讓她做到這件事的智慧型手機。

仰躺在地的小熊，雙手遮住眼睛喃喃說道：

「果然還是太勉強了嗎？」

或許一個靠學貸度日的高中生，根本養不了一輛機車。自從幸運地買下這輛幾乎全新的Cub後，已經過了一年半。從遠赴鎌倉開始，九州兜風、富士山登頂——這輛Cub在使用上的負擔要比其他許多輕機來得大。它已結束了無須支付養車必要成本便能一直騎乘的時期，耗盡了機械的壽命嗎？

小熊穿著制服，什麼也沒吃就在地板上睡著了。

平常從窗戶可以看到停車場之中的Cub，如今卻是模糊到看不清楚。

39 秋天

隔天早上，小熊搬出了腳踏車。

她不讓自己望向擱在停車場裡頭的Cub，跨上腳踏車往學校去。

直到買下了Cub之前，到高二的初夏為止她都是這麼做的。再過不到半年，無須機踏車的生活就要開始了。

當小熊騎下不用踩踏板也能跑的七里岩坡道時，注意到竄過制服裡的風是涼的。見到距離紅葉時期尚早的山中樹木失去了濃烈的綠意，小熊這才發現已經秋天了。

直到昨天為止都還是夏季。

以橫渡釜無川的橋梁為起點，有一段平緩的上坡。小熊由那兒經過，抵達了學校。她穿過校門，前往校舍內部的停車場。鐵皮屋頂停車場劃分為外側的自行車空間，以及深處的機車用空間。小熊的身體下意識地要往裡頭去，不過察覺到沒有必要後，她隨便找了個空位停車。

放下腳架之後，小熊把手伸向下巴。留意到自己目前沒有戴安全帽的她，像是打從一開始就有那個打算似的撥弄起頭髮。它可能長得比去年的這個時候還長了。

進到教室一看，禮子還沒有來。這令小熊有點安心。她現在並不想和一對上眼就會詢問車子狀況的禮子講話。椎也不在教室。敏銳的椎經常絕口不提小熊不願人家問到的事情，也許她目前到慧海的班上去了。

就在上課鐘響前一刻，椎與禮子陸續進入教室來。她們之所以連個正眼也沒有看小熊，是因為匆忙到沒有那個空檔嗎？抑或是小熊失去了什麼吸引她們目光的東西呢？

在課堂之間的短暫下課時間，禮子單方面地熱情述說自己昨天去過的地方。她騎著Hunter Cub穿過道路採複雜多層構造的新宿西口、猶如直接在溪谷地形上頭建造了城鎮的澀谷，以及感覺能成為優良賽道的內堀大道。

小熊馬虎地附和著禮子這番話，同時心想：如果搭列車的話，這些地方用不著三個鐘頭就到得了呀。

來到午休，小熊、禮子、椎與慧海一如既往地聚在機車停車場，開始了午餐時間。

禮子所吃的是法式火腿奶油三明治——只在長棍麵包裡夾著火腿與奶油而成的一種

食物。開始動手自製的她，似乎決定要先把長棍麵包三明治做到滿意為止。面對自己喜愛的東西，禮子會像條蛇一樣糾纏不休。

小熊稍稍露了兩手，做了味噌炒茄子來。她把這道菜放在其他保鮮盒裡，而非鋁製飯盒。椎是吃使用了葡萄籽油的蒜香辣椒義大利麵。即使冷掉，它的味道也不會變得像橄欖油那麼糟糕。慧海則是吃軍隊黑麵包配肝醬。

禮子的自吹自擂一直持續到午休時間結束，聊到她去看了椎考上後將會就讀的紀尾井町大學周遭才打住。她這才回想起來，詢問小熊說：

「妳的車呢？」

「壞掉了。」

「這次又是哪裡出問題？」

「引擎。」

略略挑起眉毛的禮子，感覺非常想問清楚是引擎哪裡故障，而小熊又要怎麼修理。

「我一直在想說該修好還是怎麼辦。」

禮子的神色為之一變。無論小熊怎麼講自己都不當一回事的她，露出一臉泫然欲泣的表情。

禮子與機車打交道的時間要比小熊長，也因此認識許多機車騎士。其中有好幾個人因為受傷、經濟因素、家庭狀況，或是某天忽然失去動力等理由而不再騎車。

禮子腦中浮現的並非那些放棄騎車的人。在機車的世界之中，不該繼續騎的時候依然故我的蠢貨多得像山一樣。像是犧牲了家庭或工作的人、花費不自量力導致生活陷入困境的人，甚至還有賽車手拖著因機車事故骨折而尚未痊癒的身子再度跨上車，結果再也沒有回來的例子。

小熊接下來將要迎向生命中一個重大的時期。她正試圖當個東京的大學生，找回因母親失蹤而一度走偏的人生。禮子實在無法要她拋下那一切，執著在機車上頭。

平時若是和自己扯不上關係——尤其不會插嘴Cub話題的慧海，坐到小熊身旁來。

「我要跟妳拿一點茄子。」

小熊拿筷子夾起保鮮盒裡一個人吃顯得有點太多的味噌炒茄子，放到慧海的黑麵包上頭。慧海以彷彿外科醫生般的慎重手法將肝醬抹在另一塊麵包上，再遞給小熊。

「謝謝妳。」

小熊咬下抹了肝臟泥的軍隊麵包，它散發出肉味、血味，還有活生生的滋味。小熊和禮子及椎等人出遠門時經常吃的黑麵包，上頭有著Cub的味道。

把肝醬黑麵包吃到剩一半的小熊，戳起保鮮盒裡的茄子。農家直銷處開始在賣秋季蔬菜了。騎乘Cub四處遨遊，堆砌著尋常高中生所無從體驗的夏季時光，這段日子八成已經過去了。現在是必須先規劃好往後人生的秋季時期，這比隨心所欲地玩樂過活還重要。不然的話，就得活在「長大成人」這個漫長冬季造訪的時候裡了。

椎靠著小熊，像是她不時會對妹妹慧海所做的那樣，彷彿要利用嬌小身軀吸收掉煩惱和痛苦似的，把額頭抵在她的背上。椎的眼中映出小熊吃到一半的肝醬麵包。椎一把搶來狼吞虎嚥地吃著，並站了起來。吞下麵包的椎開口說道：

「小熊同學！妳今天要不要到我家吃晚飯呢？」

飯吃得比平常還慢的小熊抬起頭來。

「今晚我們正好要吃燒烤！爸爸和媽媽一定也很希望妳來！」

對吧？——慧海拗不過如此出言確認的椎，只好點了點頭。禮子光是聽到「燒烤」這個詞，眼睛都亮了起來。

「就去看看好了。」

只有夏天能在戶外進行燒烤活動。小熊心想，如果夏季要隨著不再騎車的日子一同落幕，那麼不論是燒烤或什麼都好，她想替這個季節劃下句點。

40 燒烤

午休結束後，小熊與禮子回到了教室。

原本應該要回到同一間教室的椎，表示要陪同慧海到一年級班上，於是並未與她們倆同行。

走在小熊後方的禮子，看見椎拿出手機打電話給家裡。

「咦？烤肉架已經收起來了？拜託你們在晚上之前準備好！這件事情很重要！」

不曉得她是否有察覺椎的心情，只見禮子凝望著小熊的背影，往教室邁步而去。

上完了下午的課，小熊來到停車場。一想到回程的上坡，就讓她有些提不起勁。

椎反覆叮嚀小熊今晚六點到她家去，而後騎著自己的Little Cub回去了。慧海一如往常地仰仗自己的雙腳踏上歸途，但在那之前椎給了她一張疑似購物清單的便條紙。

腳發啟動機車引擎的禮子，對小熊說道：

「我會去接妳喔。」

小熊拍著腳踏車座墊回答：

「我騎腳踏車就去得了。」

禮子望向小熊。眼前這名身穿樸素制服的少女，跟腳踏車非常搭調。禮子眼中的模樣，是小熊騎著世上最適合自己的交通工具那時的她。

「Cub也到得了。」

小熊聳了聳肩。

「那就這麼辦吧。」

坦白說，她不想給禮子載。小熊很想忘掉那道聲響和震動。

不過目前的她，沒有精神忤逆禮子。

辛辛苦苦地踩著踏板爬上七里岩坡道回家的小熊，把腳踏車擱在停車場後，進到了房裡去。

沖完澡之後，她稍微猶豫起該穿什麼衣服好。雖說是晚餐邀約，但感覺沒必要盛裝出席，況且她也沒有正式服裝。既然是衣服會沾染到煙味的燒烤活動，還是穿這件比較好吧——如此心想的她穿上Lee RIDERS的牛仔套裝，並繫上比安奇的皮帶。

她放眼環顧室內。直到去年都空無一物的房間裡，在這一年半當中多了不少物品。

掛在牆上的紅色機車夾克、皮靴、帆布籃球鞋、徒具偌大空間卻空蕩蕩的工具箱、冬季滑雪服，以及雜誌和列印文件夾，全都是為了Cub而買的。

小熊認為，這些東西鐵定會在高中畢業的同時統統丟掉。大學的公寓宿舍並不那麼寬廣，而且某些物品和導覽手冊表示房裡會附上的設計師品牌家具不搭。

就在小熊端詳著大學的文件和今後必須填寫提交的入住契約書時，一陣刺耳的噪音傳來。

她打開玄關一看，發現人在那兒的禮子，身穿熟悉的全套藍灰色工作服。平常總是裝設在Hunter Cub後方的郵政Cub行李箱已經被卸下，換上了雙載用的延長座墊。

Cub更換座墊也只要拆掉兩顆螺栓就好了呢——轉動扳手的觸感，在心中如是想的小熊掌心裡復甦了過來。揮了揮手意欲擺脫掉這份感覺的小熊，打算走出玄關。

她自然而然地把手伸向擱在鞋櫃上的安全帽。

來到椎的家一看，店裡提早打烊了。位在店家後方的中庭，升起一道煙霧。那座耐火磚燒烤爐，看上去是自個兒堆砌而成的。椎的父親正在生火，而母親在喃喃說些什麼，同時把食材擺到露營桌上去。

「就說燒烤和烤肉不一樣呀。在日本被稱作煙燻燒烤的，全都屬於直火烤肉。」

見到小熊與禮子騎著Hunter Cub前來，椎便上前揮動雙手。慧海正在切著碩大肉塊。她手上所用的並非菜刀，而是Randall的獵刀。

在這群熟悉的陣容之中，有個陌生的客人。那名男子留著一頭黑白交雜的長髮。身穿成套連身工作服的他個子很高，甚至需要抬頭仰望。椎蹭到男子身旁，為小熊等人開口介紹。

「今天我爺爺來了。」

小熊之所以在椎告訴她以前就有猜到，是因為隔代遺傳顯現在孫女慧海身上。他們兩個人的眼睛和體格極為相似。

「幸會，我有聽孫女提過妳們。能認識騎乘Super Cub的好人(Nice People)，我非常開心。」

Nice People是Super Cub在北美銷售時的宣傳詞。機車是法外之徒的交通工具這種刻板印象，被這段話和Super Cub給顛覆了。

椎與慧海的祖父伸出手來要求握手。那道有如鋼鐵般的強大握力，和他的體格十分相符。椎面露些許困擾的模樣，述說祖父的事情。

「我爺爺是個旅人。他會開車到處晃，偶爾才會回來。」

能夠看到慧海前所未見地露出略顯驕傲的表情，小熊覺得有點賺到了。可是問題在於，禮子以崇拜的眼神凝視著這位旅行度日的老翁。

無法向別人正常打招呼的禮子，毫不客氣地指著老翁身後的東西說：

「那個可以讓我看看嗎？」

小熊也很在意那輛白色的本田小貨卡。歲月痕跡恰到好處的卡車後方，連接著一個甚至大到超出車體的箱子，旁邊還附有人可以出入的門扉。這是一種叫作輕型露營拖車的車輛。

老翁開心地邀請禮子跟小熊參觀車內。當他升起能以電動控制調節高度的天花板之後，裡頭就足以讓人站著走路。車裡備有兼作沙發的床鋪、丙烷瓦斯爐、包含流理台的廚房、冰箱、液晶螢幕，以及放有筆電的小桌子。儘管空間只有一張半的榻榻米大小，感覺住起來也比小熊的公寓舒適。

側桌上擱了一只雕花玻璃杯，裡頭裝了和冰塊一同倒入的琥珀色液體。老翁坐在沙發上喝了一口。旁邊可以看到白州單一純麥威士忌的瓶子，那看似就是杯中物。

「在這兒欣賞美景是最棒的。」

小熊還以為老翁是指窗外那片南阿爾卑斯的黃昏景致，但她注意到對方的視線是朝著自己和禮子的雙腿，頓時紅了臉頰。她還察覺到，禮子在一旁改變了雙腳的位置，讓自己的姿勢看起來上相點。

就小熊的記憶，白州威士忌在當地產物展覽要價不菲，老翁卻將瓶子遞了過來。她拉著不禁想找起杯子來的禮子離開露營拖車時，燒烤的準備完成了。

小熊與禮子烤了一堆附近獵戶分來的山豬肉，以及慧海在直銷處購買的當地蔬菜來吃。不曉得椎是否有叮囑過雙親，小熊的車子並未成為話題。禮子則是雙眼熠熠生輝地聽著老翁述說旅行的故事——主要是他和旅途中邂逅的女性所發生的浪漫情事。

身為兒子的椎父親一臉錯愕，椎也擺出一副覺得骯髒的模樣。然而小熊心想，假如年輕一些的老翁當真很像慧海，那麼他誇口過去走到哪兒都會有女人為自己哭泣因而困擾不已的狀況，應該就屬實了。搞不好現在也一樣。

老翁也向小熊問道：

「妳有想過要出門旅行嗎？」

老翁驕傲地拍打著他的露營拖車。這是在邀小熊一道踏上旅程嗎？禮子正在一旁拚盡老命地示意，期盼自己也能受到邀約。

小熊望著近來變得早了一點的日落，說：

「因為已經來到秋天了。」

老翁回頭望向露營拖車。簡樸的前座，除了兼具後座螢幕的汽車導航和智慧型手機之外，沒有其他配備。他並非看著內部，而是透過前座車窗，看向在自身想像中無限蔓延的道路。

「那麼，我就是四季如夏了。」

小熊覺得，這名與慧海擁有相同眼神的老翁，其筆直的目光和話語揍了自己的臉頰一拳。

事到如今小熊才被點醒，其實是自己一直不願正視罷了。她的夏天與Super Cub一同度過，秋天則是因失去它而開始。並非夏去秋來，而是小熊本人終結了夏季，讓秋季揭幕。

和Super Cub共度的光陰有如寶石般璀璨，而小熊則一點一滴地親手殘害著Cub。小熊說服自己「這麼做比較幸福」，以「不能永遠當個騎Cub四處玩耍的小孩子」這番說詞壓抑著內心。不清楚這個決定是否正確的小熊，向眼前的老翁提出一道問題。

「是否仍有地方處在夏天之中呢？」

「有，只要妳心存試圖找出它的念頭就有。」

小熊一句話也答不上來。

小熊與禮子飽餐了一頓山豬肉，把椎一家人準備的食材一掃而空。想說「這時間差不多該告辭了」的她們從位子上站起，並向椎的父母道謝。

看似被椎禁止提起Cub話題的椎母親，對小熊說道：

「縱使目前妳遠離了自己鍾愛的事物，它也會一直等著妳的。」

椎大概誤會了這番話是在指自己，只見她望著小熊頻頻點頭。小熊則是瞄了慧海一眼。慧海站在祖父身邊。小熊猜想，慧海是否會就此和這位來自夏天的男子一道踏上旅程。假如事情變成那樣的話，就需要一輛快速的交通工具才能追上去了。

椎的父親向小熊開口說：

「下次我會去要豬內臟來煮鍋和燒烤，屆時再請妳過來。不光是因為妳是椎的同學這個理由。能請妳以我朋友的身分，答應我一定會來一趟嗎？」

「如果不會弄得太辣，我還會再接受您的招待。」

禮子插嘴說道：

「咦？為什麼？就是要用辣椒搞得整鍋辣到紅通通的才好吃呀。」

面對想法依舊南轅北轍的禮子，小熊伸出手掌。

「禮子。」

不曉得倒抽了一口氣的人是禮子或椎，還是這麼做的小熊本人。

禮子手忙腳亂地摸索著工作褲的口袋，而後把Hunter Cub的鑰匙遞給小熊。

小熊跨上了禮子的機車。外觀相異卻擁有同款車體的Hunter Cub，各個部位的尺寸都和小熊的Cub沒有兩樣。小熊踩下在相同位置的腳踏啟動桿發動車子，禮子便坐到座墊後頭來。

「油夠嗎？」

「七分滿。還能再騎一百公里。」

「機油呢？」

「前陣子剛換過。我今天有把化油器的混合比調得比較濃，妳可以盡情催動油門沒關係。」

小熊轉著節流閥把手驅動引擎。鈦合金管依然噴出反叛著這個世界的排氣聲。不過引擎本身的脈動聲，則無庸置疑地和小熊的Super Cub是一樣的東西。

聽聞這道魄力不遜於大型重機的聲響，老翁吹起口哨來。小熊知道椎壓低聲音在哭泣。慧海來到小熊身旁，說：

「小熊學姊。」

慧海抱著小熊的肩膀，在嘴唇幾乎要碰觸到的近距離之下開口說話。她的嗓音好似祈禱，又像確認著理所當然般的事情似的。

「只要妳的體內還流著血液，就不會喪失夢想。」
倘若神對人的生命、身體抑或夢想握有生殺大權，那麼對小熊而言，慧海肯定比神還要可靠幾許。
小熊伸出大拇指，指著後面說：
「假如我遇上生死關頭的話，會拿這東西去獻祭。」
當真害怕起來的禮子，大喊了一聲「別這樣！」。
小熊騎著Hunter Cub上路了。抓住她身後的禮子，以冰冷的手指滑過她的脖子。
「妳果然沒辦法擺脫它。」
儘管禮子所說的話不太能信，但即使自己出言否定，看在旁人眼中是那樣的話，那就是這麼一回事了吧。小熊對後面的禮子說：
「本田的材料行和勝沼的解體廠，現在還來得及去哪一邊？」
禮子望向奧米茄超霸錶，回答：
「篠先生那邊。我們把他叫起來。」
頷首應允的小熊，騎車前往擁有自己目前所需之物的地方。
雖然風兒很涼爽，不過自己的夏天還沒結束。

哪能夠讓它就這麼落幕。

41 玩具

已經來到夜間棒球比賽要打完的時刻了，但篠先生還在店面後方的車庫做事。

小熊等人騎著Hunter Cub來到因餘夏暑氣而敞開著鐵捲門的車庫前。拿車庫裡的平板電腦看棒球，同時進行研磨工程的篠先生便抬起了頭來。

他手邊的物品並非機車零件，而是一輛迷你機車模型。看似是金屬材質，而非塑膠產品。

他眼前的工作桌上擺著三四種研磨劑。篠先生正拿模型蠟，打磨著1／6的偉士牌迷你車。

「怎麼樣？我可是把花了兩千圓標下的東西，處理到這麼漂亮喔。引擎一帶我拿保麗補土進行切削加工來全部重做，胎紋也是手刻的。」

禮子一副像是要揪住篠先生似的逼近過去。

「我們是為了Cub的事情來的，沒有要聊那種玩具！」

嘔心瀝血雕琢的迷你車被人說是玩具，篠先生顯得有點沮喪。這時，小熊對他說：

「我是來購買零件的。」

篠先生的眼角稍稍放緩了一些。

「不是要什麼玩具的零件。」

篠先生一臉好似內疚又像尷尬的表情，就像是在玩具店裡被帶著小孩的母親用難以言喻的臉色注視時一樣。儘管如此，他依然承接了小熊突如其來的零件訂單。

為了找出必要物品，小熊述說了車子的現況。聽完說明的篠先生，很乾脆地就從零件倉庫裡拿出全新未開封的配備。

「汽缸螺栓和螺帽是吧，有啊。另外，如果妳要拆卸引擎腰上的話，汽缸墊片也是不可或缺的。最好也要把活塞環換掉。記得我店裡有加大尺寸的庫存。」

一家並非材料行的中古車行倉庫裡，陸陸續續地跑出了Cub的零件。禮子表示，這便是Cub也非常適合拿來旅行的原因。

「無論是多麼鄉下的地方，都會有單車店兼機車行在照顧當地報社和蕎麥麵店的Cub對吧？那兒都會擺主要零件在店裡喔。」

篠先生正以料號計算著價格，同時開口說道。他給的價錢，仍舊要比原廠零件的網拍業者還有材料行的散客價便宜。

「畢竟他們是拿Cub在工作，可不能為了等料而留車好幾天。另外，像是時間過得比社會人士還快許多的高中生也一樣。」

他的言下之意八成是「妳們這些性急的孩子不像大人那麼有耐性」，不過正因為事實如此，小熊也無話可說。況且，這麼晚了還在玩玩具的人講這種話，也只會讓小熊覺得彼此半斤八兩。

篠先生把店裡的卡車鑰匙拋給小熊。

「妳考到四輪駕照了對吧？零件都齊了，妳開卡車去載Cub過來。我今天之內會幫妳組好。」

小熊把鑰匙丟了回去，答道：

「我只要零件就好了。我會自己組裝。」

直到剛剛都在玩玩具的篠先生，換上符合他年紀的表情。

「就算是Cub，它也是機車啊。女人要拆裝它可是很困難的喔。」

禮子毫不客氣地摸著迷你偉士牌模型，指著腰上——也就是引擎上半部說道：

「用不著拆曲軸的腰上分解很簡單啦，就和塑膠模型一樣。」

小熊收集著篠先生擺出來的零件，同時說：

「女人也有句俗話叫『生孩子沒想像中的困難』——船到橋頭自然直。」

篠先生忍不住噗哧一笑。接著他要小熊稍等一下，便走進店裡拿了一本薄薄的冊子給她。

「這是祕笈。它最為好懂。我就當成服務的一環，借給訂購零件的客人吧。」

小熊接過了那本由某家老字號的Cub、Monkey系列改裝廠所販售的保養手冊。封面上頭寫著「祕笈」跟「腰上篇」。

將零件和祕笈收進篠先生所給的布製安全帽袋後，小熊先是道過一輪謝，才指著工作桌上說：

「讓這輛偉士牌生鏽的話，會變得更帥氣喔。」

禮子一再觸摸著剛剛才打磨過的塗裝表面，說：

「像這樣亮晶晶的是剛出廠的新車嘛，和直接從保麗龍盒裡拿出來玩的兒童玩具沒兩樣。大人就應該要做一輛有確實上路的偉士牌才對。」

起初聽到禮子說迷你車是玩具而有些落寞的篠先生，臉上綻放光輝。

「對吧？我已經買了鏽化漆啦！也在鐵路模型店裡找到了塵土的材料。接下來我要用雕刻刀刻出擬真的凹痕。」

感覺繼續待下去會被迫聽他聊迷你車聊個沒完沒了，因此小熊和禮子速速撤退了。
真是的，男人這種生物就是這樣。

42 汽缸

由於禮子說想先繞到自己家一趟，小熊便讓Hunter Cub朝著橫手一帶的上坡去。她要從家裡帶幾件工具過來。之後不管禮子說什麼，小熊都打算把她帶到自己的公寓去。雖然禮子沒有義務陪小熊修車，不過這是她不好。誰叫她要坐在後座。

大概是今晚滿月的關係，平時昏暗到讓人想在車上裝輔助燈的山路相當明亮。小熊覺得，就連月亮都在為她接下來要做的工程加油打氣。

自古以來就有個「滿月之夜的犯罪率會增加」的說法，便是根據這樣的理由吧。單純只是光線充足，所以活動範圍變廣了。歹徒會挑選這種適合犯罪的夜晚下手。為了警告大眾注意，才會有狼人傳說的誕生。新月之夜時常會出人命，也是基於相同原因。一旦天色幽暗，就會發生意外。

也許是覺得騎乘時仰仗的月光仍不足以用來維修引擎，進入小木屋的禮子拿了吊掛式工作燈與皮革工具袋出來。她把東西放進裝有零件的安全帽袋再揹起來。這只買安全帽就會免費贈送的薄布袋做得很堅固，還附有很好揹的繩子。

在坡道爬上爬下的，終於來到了小熊家。在小熊開口詢問是否要喝杯茶之前，禮子就把工作燈吊在公寓大窗子外的曬衣桿掛鉤上，並將電源線拋給小熊。小熊把電線拉到房裡接上插座後，亮度遠比室內日光燈大的燈泡，照亮了房門口。

小熊由停車場把自己的Cub推過來，移動到房間的大窗戶前。房裡的照明、工作燈及滿月，打造出一個光線充足的作業空間。

小熊蹲坐在車子前面，接著把工具擱在坐在窗框的禮子身旁。

「我會自個兒動手，妳幫我拿工具出來就好。」

「妳想獨占玩車的樂趣嗎～？」

「因為這是我的車。」

禮子依照小熊的吩咐把工具箱拉到身邊，而後換了個位子坐。她需要坐在能夠清楚看見小熊手邊，並遞出必要工具的地方。

萬一動工時發生什麼危險，這個位置可以立刻揪住小熊的肩膀，把她拉過來。

小熊一面閱讀那本保養祕笈同時拆卸引擎蓋，結果比想像中還要簡單。

洩掉機油後，小熊拿梅花扳手卸下並未折斷的三顆汽缸螺栓，再以開口扳手拆卸一旁的螺栓。而後她取下張力器放緩凸輪鍊條，連同鍊輪一塊兒拆了下來。

一旦鍊條的位置從鍊輪上偏掉，汽門正時也會有所誤差，因此小熊拿奇異筆在鍊條與鍊輪上頭做了記號。

接下來只要拉一下，引擎上半部就會被卸除。小熊只在雜誌概略圖或網路照片上看過的Super Cub活塞，顯露在眼前。

小熊以手指碰觸直徑約有乒乓球大小的活塞。帶動Cub沉重車體及貨物的力道，以及讓小熊不輸給其他車輛的速度，都是由這裡產生的。

小熊一邊看著改裝零件廠的保養祕笈，還有手機上所顯示的自僱人士Cub維修部落格，一邊從刻在活塞周遭的溝槽之中取下活塞環，並換上新品。

換成加大尺寸活塞後已經過了一年。儘管距離更換活塞環的時候還早，它並沒有肉眼可見的磨損，不過小熊曾聽禮子說過，在消耗性零件耗損殆盡前換下來當作備品，是一件很重要的事。往後又得更換它的時候，不見得有辦法立刻去買。也有可能會因為拆解過程中的破損或遺失，導致突然需要備用的活塞環。

多虧小熊遵照教科書指示慎重地動工，更換作業平安無事地逐漸邁向尾聲。然而，就在小熊放入最後一只三道重疊的活塞環時，機油害她手滑了一下，環體就這麼嵌進她的食指中，割破了皮膚。

劃得挺深的傷口滴下了血。但比起手指上的傷，小熊腦中只有「不要讓血弄髒了構造纖細，須注意不得混入異物的活塞一帶」這個念頭。她緊握流血的食指，將按住活塞環的指頭改為中指，繼續動工著。

「我還有九根手指頭。」

禮子稍微偏過頭去觀察狀況，不過沒有特別做些什麼。禮子自己的手，也到處都是過去保養Cub所造成的傷痕。那是她的勳章，也是往後應當引以為戒的不成熟證明。

裝好活塞環的小熊去水龍頭洗手。從戶外水龍頭之中流出的九月井水十分冰冷。

小熊一直洗到傷口發白膨脹之後，血就不再流了。她原本想說是否戴個工作手套比較好，不過引擎下方延伸而出的四根汽缸螺栓映入眼簾時，小熊便決定要徒手作業。

每當小熊有所需要，就會像手術室裡的護理師般遞交工具的禮子，不知何時跑到公寓前面的販賣機買了檸檬汽水，並擺在她旁邊。禮子也買了罐同樣的飲料，香味隨著開罐聲一同飄散而來。

因為打開罐子的時候會想起扭斷汽缸螺栓的觸感，小熊最近都不想喝罐裝飲料，但如今不僅是侵襲著眼前Cub的故障，就連那份忌諱的感覺都一併消滅掉了。小熊喝了一口檸檬汽水。她感受到平時不甚中意的碳酸飲料糖分，恢復著自己的思考能力。

小熊喝著汽水並碰觸活塞螺栓，思索該怎麼從引擎上頭卸下螺紋栓——亦即只挖出了螺紋，沒有任何地方可以套扳手的鐵棒。用不著禮子雞婆地插嘴，小熊也透過手機查到了雙螺帽工法——疊起兩顆螺帽分別鎖在上下方的做法。

儘管明白處理方式，小熊卻發現沒有螺帽可用。至今保養車子時所剩下的螺絲類零件，她全都收在過去當成便當盒使用的保鮮盒之中，但翻遍了盒子也找不著恰好合用的螺帽。才想說尺寸吻合，結果卻是住宅用的粗牙螺紋，和車輛用的細牙螺紋不符。

她好不容易找到了一顆，可是雙螺帽工法需要兩顆才行。固定汽缸頭的螺帽並未打穿，因此無法使用。

小熊迄今為止的維修保養經驗並沒有那麼豐富，所以囤積的螺絲也不怎麼多。基於個人興趣保養機車的時候，即使必要的工具與零件都齊備，但也有可能單單因為一顆螺絲拆不下來而中止作業。聽聞此事的小熊原先片面認定這樣也太過草率，卻因獨獨缺了一顆螺絲而碰壁。

小熊有意投降，向打從剛才就無聊到昏昏欲睡的禮子求助。螺絲這種小東西，她應該有辦法從某個地方變出來吧。就在小熊如此心想的時候，她的雙眼映出了平常總是幫助著自己的物品。

Super Cub——處處鎖著螺絲的機械就在她眼前。

小熊撲向Cub摸索車體，每當找到尺寸看似合適的螺帽便會拆下來。這下子螺絲就湊齊了。她利用雙螺帽工法拆卸汽缸螺栓。逼得小熊幾乎要下定決心將Cub脫手的那顆破損螺栓，也輕易地拆掉了。

當小熊從塑膠袋裡拿出新的螺栓，準備再次運用雙螺帽鎖進引擎主體時，禮子遞出了一支小熊並未要求的工具。

那是扭力扳手，能夠調節上鎖的強度。小熊還沒有購入它，這是禮子專程從自己的小木屋帶來的特殊工具。

關於鎖緊螺栓所需要的扭力，保養手冊及網路上的維修體驗記都有寫到。小熊原本以為那些數值是給專家看的，單純保養自己愛車的人用不上。

故障與毛病會一視同仁地找上外行人和維修高手。即使手冊裡有著專家基於經驗法則而省略的部分，初學者也不可忽視。

拿起扭力扳手的小熊，遵照手冊上頭所寫的扭力，開始鎖起四根汽缸螺栓。她總算成功拆掉毀損的地方，換上全新的零件了。

去年為了登錄成第二種輕機，小熊的車子曾經利用車床加工搪缸過。或許是因為施工完不到一年的關係，汽缸墊片剝得很乾淨。但她規規矩矩地用以前在百圓商店裡發現的油磨石研磨接觸面，再小心慎重地避免弄掉螺孔套筒，將拿起來沉甸甸的汽缸穿過螺栓。小熊按住上了油的活塞環插入汽缸中，結合汽缸與引擎下半部的曲軸箱，而後裝上汽缸頭。

接著反過來進行剛才的順序。一度做在凸輪鏈條上的奇異筆記號消失無蹤，讓小熊搞不清楚該如何組裝鍊條與鍊輪來配合汽門開閉的時機而著急，結果一看保養手冊上頭就有寫到了。Cub的汽門及點火時間點，無須像一般車輛引擎那樣使用特殊測量器具，只要以飛輪上的刻度和曲軸箱蓋上的溝槽為標記，就能調整到正確的位置。

小熊還想說怎麼從剛剛開始就沒有工具遞過來，卻發現禮子已經睡著了。最後，她拿扭力扳手調出正確數值，鎖緊從前扭斷的那顆汽缸螺栓上頭的螺帽，機車引擎就此復活了。

小熊當場弄掉了工具。雖然有吃燒烤補充體力，可是她感覺似乎要比前些日子攀爬富士山還要疲勞困頓。她心想，如果要被迫做這些苦差事，以後維修保養還是交給篠先生可能比較妥當吧。

明明得收拾殘局，小熊卻維持低下頭的姿勢一動也不動。她掛著難以判斷是睡意或意識不清的半閉眼神，從低處望向引擎。小熊看見了迄今為止沒有映入眼簾的東西——去年搪缸過的特製汽缸。這座引擎變得很會跑，甚至讓禮子懷疑小熊換了鈦合金連桿或搖臂。或許繼續調整其他部分，會讓它成為一座更會跑的高轉速引擎也說不定。

下一刻，小熊抬起了身子，摸索著禮子帶來的工具袋。

「來調整汽門挺桿好了。」

43 意氣昂揚

順利換好汽缸螺栓後，小熊的Super Cub重新回到路上了。

當季節進入秋天，冬天的腳步也慢慢接近時，Cub開始到處壞掉了。彷彿就像是要考驗小熊似的。

復活不久的引擎出現了神祕故障。小熊花了點時間才了解到，問題出在油箱蓋鑰匙孔堵塞——它同時也兼具透氣孔功能，能給油箱提供空氣。她趁著把構造上無法分解清掃的油箱蓋換成網購的二手未使用品這個機會，替蓋子做免鑰匙開啟的加工。此後她去加油的時候，就用不著一一拔掉鑰匙了。

她還遇過騎乘時引擎轉速降不下來的狀況。原因在於揉捻鋼線而成的節流閥鋼索快要斷掉了，散開的鋼線卡在保護軟管裡頭。發現此事後，小熊姑且透過掌心的感覺進行微妙的油門調整回到家，然後包含備品買了兩條鋼索。雖是老生常談，不過Cub原廠消耗性零件的價格堪比腳踏車一事，仍令小熊吃驚。

當煞車線斷裂，握住拉桿突然沒有任何觸感時，小熊感到焦急不已。斷掉的地方是鋼線末端的尾套。幾乎所有鋼索斷裂的情況都是在這裡發生的。小熊過去曾拿鑽孔機給火星塞的中央電極部分打洞，充當即席的鋼索尾套修補器。由於這東西有擺在工具箱裡頭，以此做好應急措施的她自個兒騎回家中，才換下和節流閥鋼索一起買的煞車線。

碼表線也斷過一次。因為時速能夠利用智慧型手機的功能計算，這並不會對騎車造成不良影響，所以小熊好一陣子都擱著不管。然而，每當她瞧見動也不動的時速表，就覺得Cub好像在說她是一個既不完美又怠惰的人，因此她請篠先生從店裡頭要送去解體廠的Cub上拆下零件，換了上去。

此外還發生過另一件事。為了湊免運價格，小熊在網購零件時買了一條傳動鍊條。由於接頭處的作業疏失，裝好的鍊條就這麼應聲斷裂，導致車子在外頭動彈不得了。她抱著死馬當活馬醫的心態衝進一家大賣場，沒想到農業用具中心的機車用品專區雖然不大，卻有擺農民不可或缺的交通工具——Cub及小貨卡的消耗性零件。拜此所賜，小熊順利換上了只要拆掉蓋子，就能用一把老虎鉗更換的Cub鍊條。

小熊還曾經分解過引擎下半部被稱作腰下的曲軸箱部分，這個地方她在換掉汽缸螺栓時沒有碰過。這並不是因為有修理的必要，而是她學到如何以一般工具更換原先需要特殊工具才能拆卸的軸承蓋，所以想試試看這個祕技罷了。

Cub採用了機車罕見的玻璃管保險絲，當它燒斷的時候也能正常行駛，因此小熊許久都沒有察覺。她是在連續故障後養成習慣的各部位定檢之中發現到的。於是她拿Cub電瓶盒裡頭標準配備的備用保險絲換了上去。她四處探訪有在銷售電工零件的店家，尋找這種大賣場並沒有進的特殊尺寸保險絲，結果卻在機車用品店找到，印證了「丈八燈台照遠不照近」這句俗語。

小熊還遇過防止汽油內水分凝結的化油器加熱裝置管線斷裂，使得晚秋時節驟降的溫度凍結了水氣，堵住油路的情形。直到訂購的配線修補材料送來為止，她都是加一種可以溶解油箱內水分的拔水劑來熬過去。

小熊的車大致上和燈泡損壞這種狀況無緣，但因保險絲燒斷和電瓶老化的緣故而會在空轉時閃爍的尾燈終於也壞了。換掉之後的燈泡也只撐了一個月，因此火大的小熊這次決定換成ＬＥＤ燈。

自從夏天攀爬富士山以來，一直覺得車身直進性有種突兀感的小熊，測量過後才發現車架產生了微小的扭曲。但透過篠先生的門路進行雷射定位沖壓校正後，它就變成公差要比新品還少的高精度車架了。

在小熊一塊兒替後搖臂和轉向桿等車身的活動部分更換軸承並進行潤滑時，篠先生為她的動作之快及仔細程度讚嘆不已。

當懸吊系統發出輾軋聲的時候，篠先生店裡的垃圾桶之中碰巧有一副尺寸相符的他款零件，於是小熊便裝上車試騎了一下。起初她還覺得變得很硬的避震騎起來很靈巧，沒想到零件對輪胎造成的負擔使她一週爆胎兩次，到頭來還是換回原廠貨了。

這組原廠避震是她用手機在網拍標到的上等貨，據說僅僅用過數次就為了換成副廠貨而拆掉了。Cub這種零件的流通量，和其他機車有著天壤之別。

至於修理爆胎，小熊並未像先前一樣換成常備的備用內胎，而是抱著凡事都要試試看的念頭，使用了修補噴劑。由於小熊確定它的性能足以當作應急措施，以及汽機車兼用的款式實在太大，所以她買了一罐機車用的迷你瓶放在後箱。

就像扭斷汽缸螺栓時那樣，小熊不僅一次兩次有意放棄養車，可是每次她都重新站了起來。輸給經常搞壞車子，態度卻一副「這點小事不算問題」的禮子會讓她很火大。

而且每當自己陷入煩惱的時候，椎都會拋下念書來主動關心。看到她這樣，小熊反倒都擔心起來了。

慧海開始會在小熊認為當真束手無策而差點說出喪氣話時飄然現身，並陪伴著她一塊兒度過了。她對小熊這麼說：

「人不可能修不好人所製作的東西。」

小熊感覺獲得了一個堅持騎乘Cub下去的理由。她不願被這個生活目標只放在存活於任何狀況下的少女，認為是一個會輕易死去的傢伙。儘管她一度有放棄養車並脫手的打算，但今後若要和慧海繼續分庭抗禮，就不能扼殺身為Cub車主的自己。唯有竭盡所能活下去這條路可走。

保養機車的經驗尚淺的小熊，手上的傷雖不像本田初代社長那麼多，卻也增加了不少。和故障一樣，逐漸習慣受傷的小熊，有辦法半是當成趣事述說這些狀況了。她覺得在機車的世界中有許多同類。這是因為，她在受到痛楚或痛到不得不停工的損害時，一併學到了如何不受傷，或是將傷害抑制到最低限度的作業方式。

考取普通小型車駕照這件事，也有助於小熊養車。

自從她會開機車行裡拿來運輸二輪車輛的廂型車和卡車後，出外遇上拋錨且不可能修理的狀況時，就有辦法搭電車回到篠先生那邊借用他老舊的日產Sunny運輸卡車，自己救援Cub了。

儘管她尚未實際碰過無法自行返回，非得依靠運輸車的故障經驗，但光是有可能辦到這件事，就使人萌生安心感。原先提心吊膽地行駛的道路，她也能夠帶著有備無患的從容，享受騎乘的樂趣了。即使不仰賴篠先生，全國各地的租車公司都有出租載得了Cub的小貨卡，甚至連大賣場都借得到。

當小熊在篠先生的店裡借用保養設備而久待的時候，好幾次都受他所託，開著運輸車去載客人的摩托車或是解體廠出現的珍奇廢車。有一次她去載篠先生認識的店家所照顧的Cub時，發現那是一輛車體彩繪著動畫角色的Press Cub。身為車主的少年只為了區區燒汽門這點小事，就露出一臉世界末日的模樣。因此小熊告訴他說，各家廠商有以0.25mm為單位提供Super Cub的各種加大尺寸活塞，之後再燒幾次也無妨。

身高比小熊矮，看似孱弱到不適合騎機車的少年，自己把車子抬到卡車上去。在他纖細的手臂上，可以看見機車騎士特有的日曬痕跡——也就是出現在手套與夾克之間的曬痕。把車子交給小熊後，少年便直接往車站的方向離去了。他表示要靠雙腳及電車，參加原本預計在秋季連假期間騎機車前往參加的動畫歌曲活動。看來這名少年也受到Cub的陶冶了。

養車最重要的因素——金錢方面，小熊則是勉強苦撐著。當她行駛在林道而撞壞後照鏡時，窮得連二手品都買不起。不過，她有注意到鏡面碎裂的主體完好如初。不抱期望地前去百圓商店的她，發現衛浴用品專區有在賣看似派得上用場的鏡子。於是小熊把它裁成後照鏡的形狀，再以價格實惠卻強力無比的環氧樹脂接著劑黏上去。只要動動腦筋，沒錢也有沒錢的解決辦法。

去年打工擔任機車快遞的緣分，讓小熊今年也收到不少工作委託，可惜薪水和學貸都砸在養車的費用上頭了。有時甚至讓她為餐費發愁，導致整個星期都在吃炒蔬菜。小熊並不引以為苦。為了機車而給生活帶來負擔——自己也成了這種人的其中一分子，令她感到莫名地開心。

衡量自身經濟狀況，在能力所及的範圍內享受機車的樂趣固然重要，不過對小熊來說，光是如此又太安逸了。無論是騎在車上或是過著與機車相伴的生活，她都想要偶爾體會一下快到讓自己破皮發疼的高速感受。

不曉得是企圖讓小熊放棄養車的魔物屈服了，或是正如禮子所說的「長期消耗性零件都換過一輪了」，Cub的車況在秋去冬來時逐漸穩定。現在被禮子問到「妳車子目前哪邊又壞了？」的時候，小熊也能從容地回應「車子正常的很，所以我沒事做了」。

考驗機車騎士的冬天，今年也循規蹈矩地到來了。然而，體驗過去年冬天的小熊，已做好充分準備。她心裡明白，冬季會隨著只有冬天騎車才感受得到的樂趣一同造訪。

小熊被Super Cub施予許多磨練，而且每次都被迫做出判斷。如今，需要她做出另一項抉擇的日子來臨了。

那便是伴隨著大學指定校推薦而來的學生宿舍入住契約，這件事她一直拖拖拉拉到現在。雖然老師告訴她說不提交文件就無法申請住宿，春天起將會流落街頭，但小熊的回答已經決定好了。

44 Super Cub與我

迄今都在給小熊做出路指導的班導，重新確認小熊所提交的文件內容。

「妳真的決定要這麼做嗎？」

「是的。」

小熊毫無迷惘地回應。不久前才在出路指導室走廊填好的文件，只不過是再度確認自己心中早就定下的答案罷了。

小熊在是否希望入住學生宿舍的文件裡填了「不需要」，沒有半分遲疑。

她是這陣子才決定的。

老師拿起文件裡頭附的宿舍資料，說：

「我認為這種好事相當罕見喔。放眼望去就能看到多摩里山的公寓宿舍、由知名設計師打造的品牌家具配上ＩＨ廚房、附有光纖網路和洗衣乾衣機，再加上電費及瓦斯費還是定額全包，這比老師所住的公寓要來得好太多了。如果是自費承租，都不曉得要被收取多少房租呢。」

小熊早已清楚那些東西有多少價值。只是，她了解到有一項東西對自己而言更加彌足珍貴。

「因為那邊不能騎機車。」

小熊自行調查過的公寓女宿規定之中，禁止騎車這條項目執行得無比徹底。縱使自費在附近租借停車場，東窗事發的當下就會被趕出去。

這是一所新設的公立大學。負責統籌宿舍管理的部門裡，似乎有人對自己心目中的女校形象極度執著。除了機車之外，於校地內的公共空間使用手機、抽菸喝酒、在房間外吃快餐、速食食品還有喝飲料，以及不遵守門禁或不假外宿這些事全都被禁止，甚至連外出到其他縣市都要取得許可。

只要騎乘Cub，第一天就會統統違反這些禁止事項吧。至少對小熊來說，連跨越縣境都得在晚餐前回去，這種自由和身陷囹圄時望不到天空的運動場沒兩樣。

訂定這份規則的人，八成希望住在大學宿舍裡的女生，都要像是住在閣樓裡的小公主一樣吧。

就算是小公主，一旦她開始騎乘Cub，鐵定會從閣樓搬到工具樣樣不缺的車庫裡。

「自個兒找地方住要比妳所想像的辛苦許多。既無保證人又沒有財力的人，幾乎租不到房子喔。」

「我會想辦法的。」

小熊已經決定要利用高中生活的剩餘時光，來找一個有地方能容納及保養Cub的住處。因機車而開始的人際關係，也讓她有一些門路可以利用。

如果考上千代田區的大學，就要從春天開始就讀的椎，已經暫定要住在父親的朋友名下位於世田谷的公寓了。深信小熊會不請自來的椎，似乎買好了成對的睡衣和杯子。

這個老師從高二開始當小熊的班導，對她的本性多少有些了解。儘管老師面露半放棄的表情，依然再次出聲叮嚀，試圖完成自己的義務。

「我再說一次。妳現在只要忍耐一件事，就能過著和先前大相逕庭，既穩定又幸福的生活。對目前的妳來說，機車並不是一項方便的道具，也不是有趣的玩具，而是壓垮妳的重擔。」

一旦小熊現在將Cub從自己的生活之中割捨而去，春天之後的生活肯定能夠衣食無缺。然而，若是這麼做的話，今後她勢必也會用同樣的方式對待自己珍惜的事物。連養一輛Cub都跪地投降的人，往後的人生之中鐵定得不到自己衷心企盼的東西。只會滿足於自己伸手可及之物，而不會有更多奢求。這點小熊本身無法允許。她正面凝視著老師的雙眼說：

「做好心理準備而承擔下來的事物，並不會沉重。」

老師掛著無法理解的表情詢問小熊。

「妳所騎乘的Super Cub這部機車，它究竟是什麼樣的東西？那只是單純的交通工具對吧？機械是沒辦法成為妳的朋友或情人的。」

從小熊剛升高三沒多久，開始對養車一事心存疑慮的時候，她就一直在思考這個問題。如今，她已有了答案。

「只要付錢，誰都可以購買Cub。如果有人願意出一個好價錢，我隨時都願意賣掉我的Cub。不過，我一定會拿這筆錢去買新的Cub。」

看似死心的老師把文件抽了回來。也許她打從一開始就知道結果了。曉得坐在眼前這名猶如野花般樸素不起眼的少女，只能以這種方式活下去。就像是一朵突破了水泥地而綻放的花兒一樣。

最後，老師並非以出路指導負責人的身分，而是面露基於個人興趣的模樣，再次對小熊提出了一道問題。

「Cub就這麼重要嗎？」

小熊搖了搖頭。自從去年初夏買下Cub以來，它便帶給小熊這個一無所有的女孩子數不盡的東西。這是開始騎機車並堅持騎乘Cub下去，才有辦法獲得的。

「重要的是騎著Cub的我。」

這點彷彿寶石般惹人憐愛，其他事物難以取代。

45 應當前進的道路

小熊騎著Cub，馳騁在迎來冬天的國道上。

透過裝在架上的手機顯示，小熊知道目前氣溫相當地低。不過她有利用擋風鏡和禦寒配備來避免身子吹到寒風，因此並不特別覺得冷。

當小熊以巡航速度混雜在四周車輛之中行駛時，她感覺自己和周遭的人們變得平起平坐了。

在公路上，沒有任何東西會因為對象是未成年人或女學生而加以保護或手下留情。更不用說騎在機車這種不穩定又毫無防備的移動機械上頭了。

小熊隔著安全帽護目鏡望向前方，接著透過左右後照鏡瞥向後方，然後心想：

前面那名男子看似是駕駛著外務車輛的上班族，還有後面那位騎在大型速克達上頭的女子。他們有多少人能夠細細拆裝自己當下所搭乘的機械呢？小熊稍稍放鬆了臉頰。

當小熊配合前車減速而啟動引擎煞車時，她聽見了鍊條碰撞到蓋子的聲音。想必是最近剛換不久的鏈條，發生了新品常見的初期伸長現象吧。小熊想說，明天下午再來調整，順便檢查煞車和懸吊系統這些消耗性零件。

就在她盤算著該怎麼調校的時候，情緒變得是愈來愈亢奮了。不久前還心懷不安地操作並屢次受挫的機車維修保養行程，已經變成她放學放假後的享受時光之一了。下次車子會如何讓自己傷透腦筋呢？Cub一定會再次讓小熊窺見她所未曾體驗過的狀況吧。

騎乘在國道上的小熊前方，出現了連向高速公路引道的岔路。雖然經過搪缸後引擎能夠輕鬆拉到高轉速，在平地可以極其輕易地騎到破表，不過就登載資料上仍屬第二種輕機的Super Cub，無法行駛機動車輛專用的道路。

但或許未來這點會有所改變。事實上，騎乘Hunter Cub的禮子，就不曉得從哪裡弄來了一五〇cc的引擎，企圖讓車子登錄為能夠騎在高速公路上的普通重型機車。

要上哪兒去都隨心所欲，不成問題。只要騎在Super Cub上，小熊就可以抵達心中所期盼的目的地。光是規劃行程，就讓她樂不可支。縱使沒地方去，單純在騎車的時候構思路線也能獲得幸福。Super Cub令小熊變成了一個願意嘗試前往心之所向的人。

Super Cub是小熊的驕傲。

HONDA
HONDA

後記

衷心感謝各位讀者購買這部作品。

第一集我寫到了和機車的相遇，第二集則是關於機車與冬天，而這次的主題是養車的狀況。

我本人至今也因為保養汽機車或腳踏車而吃足苦頭，也有很多令人捧腹大笑的事，但我記得保養Super Cub沒有什麼特別煩惱的情形。

Cub支撐維持著這些令人傷腦筋的女主角，成為她們的代步工具，在採購及運送零件上發揮了奇效。最重要的是，Cub就像是個兒時玩伴一樣，能夠化解無法搭乘愛車時的不滿。

本集的架構雖然基本上是以我實際體驗過的故障或問題為中心，可是能夠挪用到作品裡的修理經驗寥寥可數——當我抱著這樣的想法寫作時，回憶起唯一一次猶豫起養車這回事，甚至考慮要不要脫手Cub的狀況。

事情發生在幾年前，我所騎乘的Press Cub里程數將近五萬公里的時候。

迄今我遇過無數次毛病，還有主要是外加的副廠零件所引發的故障。但在其他車輛的維修經驗及Super Cub易於獲得零件的特性幫助下，我總是僅以「訂購零件換掉故障品」這種方式來解決問題。

此時，我的Cub忽然變得不太對勁。明明腳發可以正常啟動引擎，起步也很順暢，不過就在我催動節流閥把手提高轉速的瞬間，引擎便發生了爆震情形而導致動力衰退，而後車子變得搖晃不穩。

這個叫作爆震的現象，原因多半出在燃料或點火上頭。我在雨天騎乘時碰過類似症狀，因此最先懷疑是火星塞和高壓導線。然而，這些東西我才剛換過新的，而且拆下火星塞做火花檢測的結果看似有順利地跳火，所以我排除了上述因素。

接下來我把點火零件當中難以從外觀看出異樣的整流器換成手上的備品，試騎過後狀況仍不見改善。拿三用電表檢測，數值也一切正常。

判斷點火零件沒問題的我，接著轉而檢查燃料。我先是清掃過吸入異物後也會產生同樣症狀的空氣濾清器，再分解化油器。一看，果凍狀的汽油堵塞在化油器內的濾心。

這次花了點時間，總算發現病灶了——內心如是想的我，清洗濾心及化油器內部後組裝起來再度試騎，卻依然還是有爆震情形。

點火與燃料這兩個可能性最高的部分都找不到異常狀況，導致查找原因變得困難。我在網路上搜尋同樣的問題，結果「油箱蓋」這個單字映入了眼簾。

兼作透氣孔的油箱蓋鑰匙孔若是堵住，會導致油箱內產生負壓。即使低轉速之下一切正常，一旦轉動油門就會發生爆震。我遇到的症狀與其相符。由於它的構造無法拆卸清潔，我便訂了一組比照原廠的新品。隔天收到貨的我帶著一副車子已然修好的心情，想著該騎著完好如初的Cub上哪兒去，甚至還想說總之先買點美食來乾杯慶祝一下。

換好油箱蓋的我外出購物順便試騎，結果還是在爆震！把車子停在路旁的我，大概露出了一臉被女人給甩掉的表情吧。

那天晚上我伴著失敗感一同入睡。我已經不曉得在夢中修好Cub幾次了。夢裡不時會給我修理或保養的答案，不過夢境之中出現的回答大多都是基於對自己有利的前提，因此統統不對。

隔天我再度動手維修Cub。我不曉得這趟工程該從何處著手才好。如果要被迫做這種苦差事，那乾脆把車子處理掉好了——此種念頭掠過我的腦海裡。明明應該還有其他辦法解決——像是換掉整顆引擎，或是放棄自行維修，外包給專業車行——但我就覺得很想把車子丟掉，什麼都不想嘗試了。

但是，倘若就這麼脫手，我永遠也不會曉得車子故障的原因在哪裡。既然Cub也是機械，那麼總有一天就必須捨棄掉，但我不希望在這種失敗感之下與它道別離。

那將會在之後留下重大創傷一事，好像是女人教會我的，而非平時告訴我生存所需之事的汽機車。

我不想再哭泣了。我很想難堪地緊緊追上去不放。有什麼地方不好，我都會改。假如Cub會講話，真希望它開口說出哪裡痛——我帶著這樣的心情發動引擎，轉動節流閥把手。

依舊順利啟動的引擎，果然還是產生了爆震現象。熟悉的引擎聲之中，有一道微小的異音傳入了我的耳中。那是Cub的慘叫。「如果沒注意到這個聲音，你就完蛋了」的信號。

平常總會在維修保養作業時聽音樂的我，幸好這時正巧把隨身聽的耳機（如今回想起來，就是這樣做不對）摘掉了。好似老鼠啃咬柱子的聲音，聽起來確實跟爆震同步。

我把耳朵抵在車身各處尋找聲音來源，並以一字起子代替聽診器敲擊著。從旁人的眼光來看，就像是一個老大不小的男子亢奮地緊抱著Cub吧。

我隨即找出了聲音從何而來，那是我最近剛換的高壓導線。我有把車子原本配備的導線剪開一半，並以接頭重新接了起來。就是這個連接部分產生了漏電的狀況。由於那是相當知名的廠商所販售的新品，所以我一直都把它排除在原因之外，想必是我施工不當或其他因素所導致的吧。

總之我試著捨棄接頭，改以銅線相繫，結果使我大傷腦筋的爆震現象就此輕易地解決了。當下我喜極而泣。

之後再把導線與線圈換成新品後，我的車子就這麼恢復正常，到現在都還在騎。

最後，這次也非常照顧我的Sneaker文庫編輯部W編輯、確實滿足我麻煩至極要求的博老師、繪製的漫畫化作品讓我每次都很期待更新的蟹丹老師，以及本田技研工業的高山先生，我要借用此處致上謝意，以及對於討論遲到一事的由衷懺悔。

トネ・コーケン

トネ・コーケン老師，
恭喜《本田小狼與我》
第三集上市!!
我會努力
不要讓漫畫的有趣程度
被原作趕過的！

刮掉鬍子的我與撿到的女高中生 1~3 待續

Kadokawa Fantastic Novels

作者：しめさば　插畫：ぶーた

上班族 × JK，話題延燒的同居戀愛喜劇，
日本系列銷售累計35萬冊！

蹺家JK沙優和上班族吉田，已經完全習慣身邊有彼此作伴。這時，吉田高中時期的女友——神田學姊調動到他這間公司來。面對「曾和吉田交往過的對象」這個意想不到的人物，沙優的內心掀起了一陣漣漪，緊接著還有陌生的高級轎車出現在她的打工地點——

各 **NT$220~250/HK$73~83**

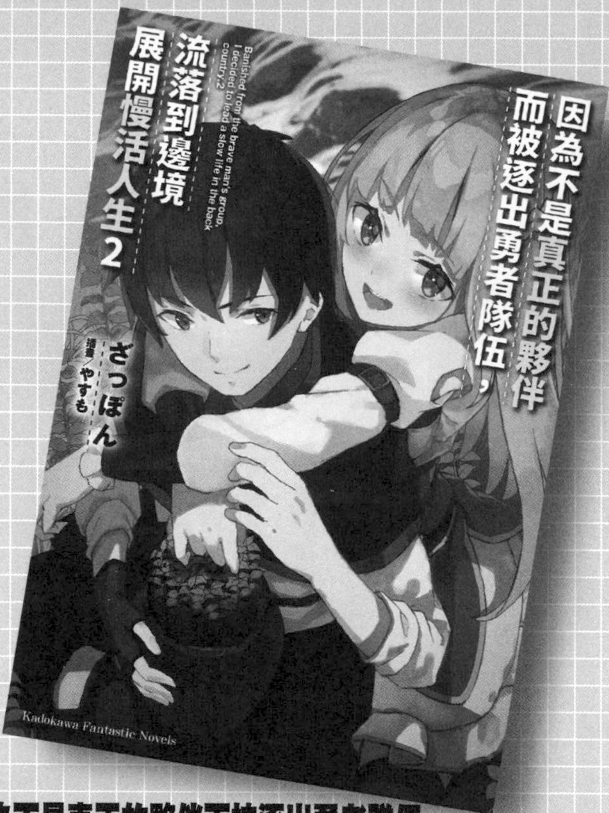

因為不是真正的夥伴而被逐出勇者隊伍，流落到邊境展開慢活人生 1~2 待續

Kadokawa Fantastic Novels

作者：ざっぽん　插畫：やすも

被逐出隊伍的英雄所帶來的超人氣慢活型奇幻故事，第二幕就此揭開！

英雄雷德被逐出隊伍後，來到邊境之地以藥店老闆的身分展開幸福的新生活。與公主度過的甜蜜時光，讓英雄的心靈逐漸獲得滋潤。另一方面，因雷德離隊而陷入混亂的勇者一行人，又將因為前代魔王遺留在遺跡的飛空艇而遇上更激烈的戰鬥！

各 **NT$220/HK$73**

末日時在做什麼？能不能再見一面？ 1~7 待續

Kadokawa Fantastic Novels

作者：枯野 瑛　插畫：ue

「我去善盡黃金妖精的責任。」
這是由被塑造出來的英雄所譜出的故事——

能夠與〈獸〉對抗的黃金妖精存在廣為流傳，懸浮大陸群因而激昂沸騰；另一方面，侵蝕的腳步聲逐漸逼近三十八號懸浮島。潘麗寶·諾可·卡黛娜為了使盡全力挺身與〈獸〉一戰而踏上被〈第十一獸〉吞噬的三十九號懸浮島——

各 **NT$190~250/HK$58~83**

國家圖書館出版品預行編目資料

本田小狼與我 / トネ・コーケン作 ; uncle wei譯. --
初版. -- 臺北市 : 臺灣角川, 2020.08-
冊 ; 公分. -- (Kadokawa fantastic novels)
譯自 : スーパーカブ
ISBN 978-957-743-932-1(第3冊 : 平裝)

861.57 109008338

Kadokawa
Fantastic
Novels

本田小狼與我 3
（原著名：スーパーカブ 3）

２０２０年９月３日　初版第１刷發行
２０２１年５月５日　初版第２刷發行

作　者：トネ・コーケン
插　畫：博
譯　者：uncle wei

發行人：岩崎剛人
總編輯：蔡佩芬
美術設計：莊捷寧
印　務：李明修（主任）、張加恩（主任）、張凱棋

發行所：台灣角川股份有限公司
地　址：１０５台北市光復北路11巷44號5樓
電　話：（02）2747-2433
傳　真：（02）2747-2558
網　址：http://www.kadokawa.com.tw
劃撥帳戶：台灣角川股份有限公司
劃撥帳號：19487412
法律顧問：有澤法律事務所
製　版：巨茂科技印刷有限公司
ＩＳＢＮ：978-957-743-932-1